钱穆

钱穆先生著作系列

湖上闲思录

九州出版社
JIUZHOUPRESS

湖上閒思錄

錢穆

钱穆先生手迹

新校本说明

钱穆先生著作简体新校本，经钱胡美琦女士授权出版，以钱宾四先生全集编辑委员会所编《钱宾四先生全集》繁体版为本，进行重排新校，订正其中体例、格式、标号、文字等方面存在的疏误，内容保持《全集》版本原貌。

《湖上闲思录》包含钱穆先生比较中西文化之文论三十篇，最初为1948年春季时，钱穆先生应友人谢幼伟先生之邀，为上海《申报》副刊《学津》所撰。后于1960年、1980年，分别在香港和台湾出版。

九州出版社

目录

序

我这一本《湖上闲思录》，是今年春天因着一位友人的一番怂恿而触机开头写起的，经过了约莫四个月的时间，积成这三十篇文字，把它汇集成册。我的生活，其实也算不得是闲散，但总是在太湖的近边，时时见到闲云野鸥、风帆浪涛，总还是有一些闲时光的。我的那些思想，则总是在那些闲时光中透逗，在那些闲时光中酝酿。而且我之所思，实在也与世无补。我并不是说我对于当前这些实际的人生，漠不关心，不想帮忙。但总觉得我自己无此智慧，无此精力，来把捉住这些当前的实际人生之内里的症结，而试加以一种批导或斡旋。因此也只能这般躲在一旁，像无事人模样，来思考那些不关痛痒不着筋节的闲思虑。我也并不说我的那些闲思，便在此三十篇中告一段落。只因为我的闲思，总算是在此三四个月的闲时光中闲闲地产生，实际则只还是闲闲地记录写出。而我想，读我书的人或许只想在三四日或三四钟点中匆匆读完。若我把这些稿子久藏不出，积压得多了，我又怕更引起读者的忙迫，要在几天或几个钟点的短时间里，匆忙地一口气来读我的太多的闲思录。忙读是领略不到闲思的情味的。因此先把此三十篇发表了，也好减轻读者们忙读的压迫。将来若使我续有闲思的机会，好络续的写出，再汇成续集三集，也让读者们好分集的闲闲地来读。

我这一本《闲思录》，并不曾想如我们古代的先秦诸子们，儒、墨、道、法，各成一家言，来诱世导俗。也并不曾想如我们宋明的理学先生们，程、朱、陆、王，各各想承继或发明一个道统，来继绝学而开来者。我也并不曾想如西方欧洲的哲学家们，有系统、有组织、严格地、精密地，把思想凝练在一条线上，依照逻辑的推演，祈望发现一个客观的真理，启示宇宙人生之奇秘。我实在只是些闲思，惟其只是些闲思，在我写第一篇的时候，我并没有预先安排如何写第二篇。在我写第二篇的时候，也并没有设法照顾或回护到第一篇。在我只是得着一些闲，便断断续续地思而写，这是些无所为的，一任其自然的，前不顾后，后不顾前。而且在我开始写这《闲思录》之前，怂恿我的那位友人，他早已给我一限制，不希望我长篇累牍地写，字数上他希望我不超出二三千字的篇幅。我开始既如此写，以后也便照样写。而且我觉得，篇幅有了限制，也好省得我转成忙迫。心下预定了只写这些字，因而不致失却我开始写时的闲情。写了二三千字，我便戛然而止，我也并不曾想一定要把我当时的一番闲思像模像样地造成一理论。有时上面多写了些，下面便少说些；有时上面少说了些，下面便多写些。而且我每一篇在写的时候，也没有预定题目，有时想到较复杂较深邃的，也只在此三四千字中交卷。有时想到较简单较平浅的，也在此三四千字中交卷。写完了，随便拈篇中一两字作为题目装成一牌子安上。有些是上一篇未说完的，又在下一篇乘便补出。有些是上一篇已说到的，又在下一篇重复说及。有些是某一篇只当是某一篇之一隅举例，有些则两篇之间又好像有些冲突不一致，有些是尚多言外之意，也懒得再申说。篇目的前后，全照动笔的次序，没有再编排过。中间有一两篇是宿稿，因为文言白话的体裁关系，而把来略略地改写的。然而这些总还是我一人之所见，而且近在四个月中间写出，应该是仍还有一个体系的。这些则只有让读者们自己去认取。我只请求读者们在临读时，也先把自己的心情放闲些，则一切自易谅解，一切自易愿恕。

怂恿我的那位友人，使我触机开头写这一本《闲思录》的是谢幼伟先生。他为申报馆的副刊《学津》讨稿，我的稿开始了，但《申报》的《学津》停刊了。我引起了兴头，终于有此一册小书。让我乘便在此感谢谢先生的一番怂恿。

中华民国三十七年夏钱穆识于无锡荣巷

跋

本书乃民国三十七年春间所写。其时余任教江苏无锡江南大学，课务轻闲，胃病新愈，体况未佳，又值时局晦昧，光明难睹。时时徜徉湖山胜处，或晨出晚归，或半日在外。即暂获间隙，亦常徘徊田塍鱼塘之间。尽抛书册，惟求亲接自然，俛仰逍遥以自遣。心胸积滞，逐一涤荡，空所存抱，乃时有闲思遐想，如游丝轻漾，微叶偶飘，来入庭际，亦足赏玩。乃于夜灯坐对，随笔抒写，初不自意遂成卷帙。嗣亦搁置，不复再续。越一年，仓皇南行，此稿亦未携带。今冬重入吾眼，则已转瞬十年矣！再自披览，即篇题亦都忘却，更不论内容所涉。循诵而下，恍如读他人书，乃深幸此人谈吐，与其平日素所蓄藏，无大悬别，此亦大可欣喜之一境也。惟闲冗相异，俨如隔世。却念生平，有此一段暇晷，堪作回忆，弥自珍惜。刊而布之，亦聊以存当时心影之一斑焉。

一九五八年冬至钱穆再识于九龙之钻石山寓庐

再跋

余自对日抗战期间，在云南宜良写成《国史大纲》一书以后，自念全部中国史中之大纲大节，已在书中揭举。循此详求，事在读者。或有谬误，亦待读者指出，再作思考。余之兴趣，遂从历史逐渐转移到文化问题上。

余之研治国史，本由民初“新文化运动”对国史多加诟詈，略有匡正。执其两端，用其中于民，庶于世风稍尽补偏救弊之功。但自世界第二次大战开始，确信欧西文化亦多病痛，国家民族前途，断不当一意慕效，无所批评抉择，则盲人瞎马，夜半深池，危险何堪设想。又历史限于事实，可以专就本己，真相即明。而文化则寓有价值观，必双方比较，乃知得失。余在成都始写《中国文化史导论》一书，此为余对自己学问有意开新之发端。

及抗战胜利，颇谓国事未定，变端莫测，因决意不返平津，亦不滞京沪，惟冀觅一静僻处，俾得潜心，以渐待时局之安定。乃重返昆明，初不料其学风嚣张，乃有大出意料之外者。又在成都患胃病，迄是不愈，乃又决意归家乡，风土饮膳，庶于余病体有助。适江南大学新创，遂留任教。而国事益动荡，日夜读《庄子》一书，为作《纂笺》。聊可于湖山胜境，游神澹泊，自求宁静。又以其间写此《湖上闲思录》一部。及避来香港，将之付印，距今亦三十年以上矣。

此三十年中，对文化问题又续有撰述。两年来，双目失明，不能见字。报章书籍，皆已疏隔。惟尚能捉笔写稿。方撰“中西文化比较观”一书，不谓积稿已盈二十篇以上。大体皆杂忆平日心中存想，以不翻书，不引据材料为原则。忽一日，三民书局主人来索余《湖上闲思录》，将以再付剞劂。因由内人诵读一过，余逐篇听之。初不意余方今所撰，正多旧来见解，并有前所发得，而今已漫忘者。自惭学问未有进步，而国事世风，每下愈况。回忆当年太湖边一段心境，亦已有黄鹤一去不复返之状。抚今追昔，感慨何似。

因念《国史大纲》一书，亦已在数年前重有改订，创为新版。今此稿又继之。敝帚自珍，际此时代剧变中，不知国人读之，亦尚谓此泥上鸿爪，复有一加顾视之意义与价值否？再为此跋，亦聊记往年飞鸿踏此雪泥之概况而已，他复何言。

一九八〇年五月七日

钱穆自识于台北外双溪之素书楼时年八十有六

一　人文与自然

宇宙之大，只须稍读几本近代天文学的书，便不难想象。当你在夜间仰视天空，虽见万千星座，密布四围。但那些星与星间距离之辽阔，是够可惊人的。群星之在太空，恰应似大海上几点帆船，或几只鸥鸟。我们尽可说，宇宙间是空虚远超过了真实。虽则那些星群光芒四射，灿烂耀人，但我们也可说，宇宙间是黑暗远超过了光明。

在宇宙间有太阳，在太阳系里有地球，在地球上万物中有了生命，在生命里有人类，人类在整个宇宙间的地位，实在太渺小了。譬如在大黑深夜，无边的旷野里有着一点微光，最多只照见了他近旁尺寸之地，稍远则全是漆黑，全是不可知。人类生命历程中所发出的这一点微光，譬喻得更恰当些，应该如萤火般，萤虽飞着前进，他的光则照耀在后面尾梢头。人类的知识，也只能知道已然的，凭此一些对于已然的知识与记忆，来奔向前程，奔向此无穷不可知之将来。

你若太过注意到自然界去，正如行人在大黑深夜的旷野里，老把眼睛张望到无边的深黑中去，将会使你恐怖，使你惶惑。但有些人又太过看重他个人的生命，当知个人的生命依然是一个自然，一样的虚空胜过真实，黑暗胜过光明，一样在无边深黑中。人类的心智，则偏要在虚空中觅真实，黑暗中寻光明，那只有在人类大群已往历史文化的累积里面去寻觅。这些经人类大群已往历史所累积着的文化遗产，我们称之曰“人文”，用来与“自然”对立。这是真实的，光明的，但这些也只是萤尾梢头的一点微光。

人类已往生活中所积累的一些历史文化遗产，如何得与整个大自然界长宙广宇相抗衡、相并立？但就人而论，也只有这样，这是所谓“人本位”的意见。在中国传统见解里，自然界称为“天”，人文界称为“人”，中国人一面用人文来对抗天然，高抬人文来和天然并立，但一面却主张“天人合一”，仍要双方调和融通，既不让自然来吞灭人文，也不想用人文来战胜自然。

道家也有天人不相胜的理论（见《庄子》），但道家太看轻历史文化的群业，一个个的个人，只能说他天的分数多，人的分数少，一面是謷乎大哉，另一面又是渺乎小哉，如何能天人不相胜呢？所以荀子要说“庄子蔽于天而不知人”。

但荀子主张人类性恶，这也没有真认识人类历史文化群业的真相。你若一个人一个人分析看，则人类确有种种缺点，种种罪恶。因为一个个的人也不过是自然的一部分而已。但你若会通人类大群历史文化之总体而观之，则人世间一切的“善”，何一非人类群业之所造，又如何说人性是恶呢？

西方耶教思想，也正为单注意在一个个的个人身上，没有把眼光注射到大群历史文化之积业上去，因此也要主张人类性恶，说人生与罪恶俱来，如此则终不免要抹杀人生复归自然。佛教也有同样倾向，要之不看重历史文化之大群业，则势必对人生发生悲观，他们只历指着一个个的个人生活来立论，他们却不肯转移目光，在人类大群历史文化的无限积业上着想。

近世西方思想，由他们中世纪的耶教教义中解放，重新回复到古代的希腊观念，一面积极肯定了人生，但一面还是太重视个人，结果人文学赶不上自然学，“唯物”思想泛滥横溢，有心人依然要回头乞灵于中世纪的宗教，来补救目前的病痛。就人事论人事，此后的出路，恐只有冲淡个人主义，转眼到“历史文化”的大共业上，来重提中国传统“天人合一”的老观念。

（民国三十七年六月一日上海《申报》副刊《学津》第二十六期，一九五九年三月《人生杂志》十七卷六期重载。）

二　精神与物质

人类往往有常用的名词，而一时说不清他的涵义的，如“精神”即其一例。

“精神”与“物质”对列，让我们先说物质。粗言之，物质是目可见、耳可闻、皮肤手足可触捉的东西。精神与物质相对列，则精神应该是不可见、不可闻、不可触捉的。不可见、不可闻、不可触捉，则只有用人内心的觉知与经验。所以我们说，精神是不可见、不可闻、不可触捉，而只可用人的内心觉知来验证的东西。这一东西，就其被觉知者而言，是非物质的；就其能觉知者而言，也是非物质的。明白言之，他只是人的内心觉证之自身。所谓“内心”，其实只是一番觉证，而所“觉证”的，依然还是那一番觉证。“能”“所”两方，绝不参有物质成分，因此同样不可见闻，不可触捉。下面再仔细道来。

生命与物质对列，物质是无知觉的，生命是有知觉的，草木植物也可说它有知觉，只是它的知觉尚在麻木昏迷的状态中。动物的知觉便渐次清醒，渐次脱离了昏迷麻木的境地，但动物只能说它有知觉，不能说它有心，直到人类才始有“心”。知觉是由接受外面印象而生，心则由自身之觉证而成。所以在动物的知觉里面，只有物质界，没有精神界。精神只存在于人类之心中，就其“能”的方面言，我们常常把“人心”与“精神”二语混说了，这是不妨的。

人类的心，又是如何样发达完成的呢？人类最先应该也只有知觉，没有心。换言之，他和动物一般，只能接受外面可见、可闻、可触捉的具体的物质界，那些可见、可闻、可触捉的外面的物质离去了，他对那些物质的知觉也消失了。必待另一些可见、可闻、可触捉的再接触到他的耳目身体，他才能再有另一批新的知觉涌现。因此知觉大体是被动的，是一往不留的。必待那些知觉成为印象，留存不消失，如此则知觉转成了记忆，记忆只是知觉他以往所知觉，换言之，不从外面具体物质来产生知觉，而由以往知觉来再知觉，那即是记忆。记忆的功能要到人类始发达。人类的记忆发达了，便开始有了“人心”。《墨经》上说：“知，接也。”人的知觉，是和外面物质界接触而生。但知觉成为印象，积存下来，而心的知觉，却渐渐能脱离了物质界之所与而独立了。能不待和他们接触而自生知觉了。换言之，心可以知觉他自己，便是知觉他以往所保留的印象，即是能记忆。如是我们可以说“记忆”是人类精神现象之创始。

人类又如何把他对外面物质界的知觉所产生的印象加以保留，而发生回忆与记念呢？这里有一重要的工具，便是“语言”和“文字”。语言的功用，可以把外面得来的印象加以识别而使之清楚化、深刻化，而同时又能复多化。有些高等动物未尝不能有回忆与记念，只是模糊笼统，不清楚，不深刻，否则限于单纯，不能广大，不能复多。何以故？因他们没有语言，不能把他们从外面接触得来的印象加以分别部勒，使之有条理，有门类。譬如你有了许多东西，或许多件事情，不能记上帐簿，终必模糊遗忘而散失了。人类因发明了语言，才能把外面所得一切印象分门别类，各各为他们定一个呼声，起一个名号，如此则“物象”渐渐保留在知觉之内层而转成了“意象”或“心象”，那便渐渐融归到精神界去了。也可说意象、心象具体显现在声音中，而使之客观化。

文字又是语言之符号化。从有文字，有了那些符号，心的功用益益长进。人类用声音语言来部勒印象，再用图画文字来代替声音，有语言便有心外的识别，有文字便可有心外的记忆。换言之，即是把心之识别与记忆的功能具体客观化为语言与文字，所以语言文字便是人心功能之向外表襮，向外依着，便是人心功能之具体客观化。因此我们说，由知觉（心的功能之初步表见）慢慢产生语言包括文字，再由语言文字慢慢产生“心”。这一个心即是“精神”，他的功能也即是精神。

人类没有语言，便不能有记忆，纵谓可以有记忆，便如别的动物般，不是人类高级的记忆。当你在记忆，便无异是在你心上默语。有了记忆，再可有思想。记忆是思想之材料，若你心中空无记忆，你又将运用何等材料来思想呢？人类的思想，也只是一种心上之默语，若无语言，则思想成为不可能。思想只是默语，只是无声的说话，其他动物不能说话，因此也不能思想；人类能说话，因此就能思想。依常识论，应该是人心在思想，因思想了，而后发为语言和文字以表达之。但若放远看他的源头，应该说人类因有语言文字始发展出思想来。因你有思想，你始觉证到你自己像有一个心。生理学上的心，只是血液的集散处，生理学上的脑是知觉记忆的中枢。均不是此处说的心。从生理学上的脑，进化而成为精神界的心，一大半是语言文字之功。

因有语言与文字，人类的觉知相互间沟通成一大库藏，人类狭小的短促的心变成广大悠久。人类的心能，已跳出了他们的头脑，而寄放在超肉体的外面。傥使你把人心功能当作天空中流走的电，语言文字便如电线与蓄电机，那些流走散漫的电，因有蓄电机与电线等而发出大作用。这一个心是广大而悠久的，超个体而外在的，一切人文演进，皆由这个心发源。因此我们目此为“精神界”。

这一个精神界的心，因其是超个体的，同时也是非物质的。何以故？人类因有语言文字，便从这一人接触到外面另一人的记忆和思想，这层不言自明。

傥我们根据上述，认为记忆、思想，本是寄托在语言文字上，本从语言文字而发达完成，那么语言文字是人类共通公有的东西，并不能分别为你的和我的；同样理由，我们也可说记忆和思想，在本质上也该是人类共通公有的东西，也不能硬分为你的和我的。换言之，人类的脑和手，属于生理方面物质方面的，可以分你我；人类的心，则是非生理的，属于精神方面的，在其本质上早就是共通公有的，不能强分你我了。

明白言之，所谓“心”者，不过是种种记忆思想之积集，而种种记忆思想，则待运用语言文字而完成，语言文字不是我所私有，心如何能成为我所私有呢？只要你通习了你的社会人群里所公用的那种语言文字，你便能接受你的社会人群里的种种记忆和思想。那些博览典籍，精治历史和哲学的学者们，此处且不论，即就一个不识字的人言，只要他能讲话，他便接受了无可计量的他的那个社会人群里的种种记忆和思想，充满到他脑子里，而形成了他的心。

设若有一个人，生而即聋，绝对听不到外面的声音，因而他自始便不能学习言语；又是生而即盲，因此他也不能学习和运用人类所发明的种种文字和符号。这一个人，应该只可说他有脑子，却不能说他有心。他应该只能有知觉，不能有记忆和思想。他纵有记忆和思想，也只能和其他高级动物般，照我们上面所论，他也只可说能接触到外面的物质界，不能接触到外面的精神界，即人类之心灵界。因此他只是一个有脑无心的人，只是一个过着物质生活不能接触精神生活的人。

根据上述，我们所谓的精神，并不是自然界先天存在的东西，它乃是在人文社会中由历史演进而来。但就个人论，则它确有超小我的客观存在。换言之，它确是先天的。

（民国三十七年六月八日上海《申报》副刊《学津》第二十七期，一九五九年二月《人生杂志》十七卷六期重载。）

三　情与欲

人生最真切可靠的，应该是他当下的心觉了。但心觉却又最跳脱，最不易把捉。纯由人之内心觉感言，人生俨如一大瀑流，刹那刹那跳动变灭，刻刻不停留。当下现前，倏忽即逝，无法控抟，无法凝止。任何人要紧密用心在他的当下现前，便会感此苦。你的心不在奔向未来，即在系恋过去。若我们把前者说是希望，后者说是记忆，人生大流似乎被希望和记忆平分了。你若把记忆全部毁灭，此无异把你全部人生取消，但亦绝对没有对未来绝无希冀的人生。惟在此两者间，多少总有些偏轻偏重。有的是记忆强胜过希望，有的是希望支配了记忆，绝难在两者间调停平匀，不偏不倚的。然而正因这偏轻偏重，而造出人生之绝大差异来。

我们姑如此说，人生有“偏向前”（多希望未来）和“偏向后”（重记忆过去）之两型。向后型的特征，最显著的是爱好历史。历史全是人生过往之记录。向前型的人，对此不耐烦，他们急要向前，急要闯向未来不可知之域，他们不要现实，要理想。重历史的人，只从现实中建立理想；急向未来的，则要建立了理想来改造现实。文学中的小说剧本，有些多从此种要求下产生。他们好像在描写人生，但实际多是描写他心中所理想的未来人生的。但未来人生到底不可知，你若屡要向此方闯进，你自会感到像有一种力量，或说命运，在外面摆布你、作弄你，他是如何般有力，又是如何般冷酷而可悲。你若认为过去的全过去了，不属你的分，当知未来的又是如何般渺茫、错纵，而多变化呀！凡属未来的，全不由你作主，也同样地不属于你。你的未来逐步展开，将证明你的理想逐步不真切，或是逐步而退让变质。你若硬守住个人的希望不放松，硬要向前闯，那多半会造成悲剧。一切小说剧本里的最高境界，也一定是悲剧的。

种桑长江边，这是何等的不稳妥，因此向前型的人生，很容易从小说剧本转入宗教。宗教和小说的人生，同样在未来希望中支撑，只宗教是把未来希望更移后，索性把来移入别一世界，上帝和天国，根本不是这世界的事，把此作为你的未来希望，这无异说，你对此现世更不希望了。因此宗教也是一悲剧，只是把最后一幕无限移缓。宗教的人生，依然是戏剧的、小说的人生，同是抱着未来希望扑进不可知之数，而坚决不肯退让的一种向前型的人性之热烈的表示。

历史人生却不然。他之回忆过去，更重于悬想未来。过去是过去了，但在你心上，岂不留着他一片记忆吗？这些痕迹，你要保留，谁能来剥夺你？那是你对人生的真实收获，可以永藏心坎，永不褪灭的。人生不断向前，未必赶上了你所希望，而且或离希望更远了。希望逐步幻灭，记忆却逐步增添，逐步丰富了。人生无所得，只有记忆，是人人可以安分守己不劳而获的。那是生活对人生惟一真实的礼物，你该什袭珍藏吧！

中国的国民性，大体应属“向后型”，因此历史的发达，胜过了文学，在文学中小说、剧本又是最不发达的两项目。依照中国人观念，奔向未来者是欲，恋念过去者是情；不惜牺牲过去来满足未来者是欲，宁愿牺牲未来来迁就过去者是情。中国人观念，重“情”不重“欲”。男女之间往往“欲胜情”，夫妇之间便成“情胜欲”，中国文学里的男女，很少向未来的热恋，却多对过去之深情，中国观念称此为人道之“厚”，因此说“温柔敦厚诗教也”。又说“慎终追远，民德归厚矣”。又说“一死一生乃见交情”，只要你不忘过去。把死的同样当活的看。其实这种感情亦可是极热烈、极浪漫，只不是文学的，而转成为伦理的与道德的。

西方人的爱，重在未来幸福上；中国人的爱，重在过去情义上。西方人把死者交付给上帝；中国人则把死者永远保藏在自己心中。中国人往往看不起为个人的未来命运而奋斗，他们主张安命，因此每不能打开局面来创造新的。只对旧的极回护，极保守，只要一涂上他的记忆面，他总想尽力保存，不使他模糊消失，或变色了。这也是另一种坚强有力的人生，力量全用在自己内心深处。他并不是对未来不希望，他所希望的，偏重在他所回念的，他紧握着过去，做他未来生活的基准。他对过去，付以最切挚的真情，只要你一侵入他的记忆，他便把你当作他的生命之一部分，决不肯放松。忠呀！孝呀！全是这道理。初看好像死守在一点上，其实可以无往而不自得。要他向前，似乎累重吃力，但他向前一步，却有向前一步之所得，决不会落空。他把未来扭搭上过去，把自己扭转向别人。把死生、人我打成一片。但对自己个人的未来幸福，却像没有多大憧憬般。

向后型的文化展演也会有宗教，但也和向前型的不同。向前型的注重希望，注重祈求；向后型的注重回念，注重报答。中国宗教也和中国文学般，在中国人观念里仍可说是情胜于欲的。是报恩重于求福的。向前型的不满现状，向前追求，因此感到上帝仍还在他之前，而他回顾人生，却不免要自感其渺小而且可厌了，因此才发展成“性恶论”。向后型的人，对已往现实表示满足，好像上帝已赋与我以一切了。我只该感恩图报，只求尽其在我，似乎我再不该向上帝别有期求了。如是却使人生自我地位提高，于是发展出“性善论”。我们也可说，前者的上帝是超越的；而后者的上帝则转成内在的。人类心上之向前向后，各自一番的偏轻偏重，而走上各自的路，埋怨也罢，羡慕也罢，这都是人性之庄严，谁又不该庄严你自己的人性呢？

（民国三十七年六月十五日上海《申报》副刊《学津》第二十八期，一九五九年三月《人生杂志》十七卷九期重载。）

四　理与气

朱子“理先气后”的主张，自明儒罗整庵以后，几乎人人都反对了，王船山又把这问题应用到“道器”问题上来，他说“有器而后有道，没有器，便不能有那器的道”。窃谓此问题，若远溯之，应该从佛家之“体用”说来。一般的说法，应该先有体后有用。气与器相应于体，理与道相应于用，若从天地间自然界物质界而言，诚然应该说先有器，乃有器之道；先有体，乃有体之用。也可说必先有了气，乃有气之理。但天地间尚有生命界，与物质界略有辨，尚有人文界与自然界略有辨。大抵自然界与物质界，多属无所为而为。而生命界与人文界，则多属有所为而为。凡属“无为”的，自可说“体先于用”；凡属“有为”的，却应该说“用先于体”。若说用先于体，则也可说“理先于气”。如是则朱子理先气后的主张，在人文界仍有他应有之地位，不可一笔抹杀。

我们只须从生物进化的常识为据，一切生命，直从最低的原形虫，乃至植物动物，哪一个机体不从生命意志演变而来呢？就人而论，人身全体，全从一个生命意志的本原上演出。因生命要有视之用，始创出了目之体。因生命要有听之用，始创出了耳之体。因生命要有行之用，始创出了足之体。后来生命又要有持捉之用，才从四足演化出两手。“生命”只是一个“用”，“人身”乃是一个“体”，并不是有了人身之体始有生命之用，实在是先有了生命之用乃创演出人身之体来。若把此意用朱子语说之，应该是先有了视之理，而后有目之气。先有了听之理，而后有耳之气。先有了人之理，乃始有人之气。也可说先有生命之道，乃始有生命之器。但若说到物质界、自然界无为的一面，则必先有了水与石之气，始有水与石之理，先有了火与刀之体，乃有火与刀之用，如是则两说实各得真理之一面。

一切自然界物质界，苟经人文方面之创造与制作，则一样可以应用“理先于气”、“用先于体”之说来说明。如建筑一房屋，不能说先有了门窗墙壁种种体，始合成一房屋之用，其实乃是人心上先有房屋之用一要求，或说人之意象中先存在有一房屋之用，而后房屋之实体乃始出现而完成。一切门窗墙壁，皆在整个房屋之用上有其意义而始得形成。正如耳目口鼻手足胸腹，全在人的生命之用上有其意义而存在。并非先有了耳目口鼻手足胸腹各部分，再拼搭成一身，同样理由，也非由门窗墙壁各部分拼搭出一间屋。屋之用早先于窗户墙壁而存在。正如生命早先人身之体而存在。

其实此理在庄老道家已先言之。老子说，“有之以为利，无之以为用”，那时尚不用体用二字，其实老子意，正是说“有之以为体，无之以为用”。何以明之？老子先云“三十辐共一毂，当其无，有车之用。埏埴以为器，当其无，有器之用。凿户牖以为室，当其无，有室之用”，据我上面所说，若论体，则只有户牖之体，只有房屋之各部分有体，除却房屋之各部分，更没有所谓房屋存在了。把房屋分析开，拆散了，则成为户牖等种种体；把户牖等种种体配合拼起来，则成为房屋之用。车与器亦然。故户牖属有，房屋属无。拆去了户牖等等，便无房屋，故房屋只是一用，而非体。户牖等始是体。但户牖等虽各有体，而其为体，若离开房屋之全部，则并无存在之价值，换言之，即成无用了。户牖等乃配合于房屋之全部而始有其价值，始有户牖等之用。换言之，只是房屋有价值，只是房屋始有用。正如耳目口鼻虽各有体，而合为一生命之用，若没有生命，耳目视听尚复何用。而生命实无体，只有用，故老子说，“有之以为利，无之以为用”。这犹如说有是体，无是用，或反之说用是无，体是有。老子说“有生于无”，正如说“体生于用”，也如说“器生于道”。但老子所据也只是车器房屋之类，正是我所说属于人文创制方面者，不属于自然无为方面者。

再以佛家理论言之，佛家理论惯把一切的体拆卸，把一切体拆卸了，那用也不见了。佛家所谓“涅槃”，也可说要消灭此一“用”，此一用消失了，则体也自不存在。叔本华哲学中之所谓“生活意志”，也就是此用。一切体由此用而来，但此等说法，只该用在人文有为方面，不该用在自然无为方面。若用到自然方面去，则此最先之用，势必归宿到上帝身上，如是则成为“体用一源”。变成为上帝创世造物的宗教理论。禅宗则仅就人生立说，不管整个宇宙，故他们以“作用”为性，不是先有了体乃有性，乃是先有了性乃有体，把此“生”的作用取消，则人文界自然会消灭。可见禅宗此等理论仍还是佛家之本色。宋儒接受了佛家此一义，但他们不主张取消人文界，故要说理先于气。因要避说体用，故才只说“理气”。因作用可取消，理却不该取消。故佛家以“作用”为性，而宋儒则改作以“理”为性。其实二者所指，皆属“无”的一边，皆属“用”的一边。皆是主张“有生于无”，“用先于体”，亦皆与道家立论相似。其实只要着眼在人文有为方面的，必然要主张此一义。

再从体用说到内外，则应该先有内，再有外。庄子说“内圣外王”，后儒则说“明体达用”。其实内圣始能外王，内圣属“无”属“用”，外王属“有”属“体”。在庄子说来并无语病。若说明体达用，则该转说成“明用达体”。苟不先明其用，则体并无从而有。体只是外面有的一面，用始是内面无的一面。因此体易见，用难知。一切科学发明，用我前述人文创制由无生有、明用达体之说，并可会通。朱子说“理先于气”，由今人说之，则应谓未有飞机，先有飞机之理。若此“理”字认作“用”的意象，即人心必先有了要凌空而飞之一种用的要求，乃有飞机之实体产生，语本无病。但若必先认真有此一理，先实物而存在，则宇宙间势必先存在着亿兆京垓无穷无尽之理。于是势必有一位上帝来高踞在此无穷无尽亿兆京垓之理之上了。故柏拉图的理念论，势必与基督教之上帝观念合流了。正为其混并无为界与有为界而不加分别以为说，则势必达于此。讲哲学的喜欢主张一个超实在的形上的精神界或本体之存在，这些全是上帝观念之变相。因此他们说体用，反而说成无的为体，有的为用了。若把朱子的理字死看了也如此。

（民国三十七年六月二十二日上海《申报》副刊《学津》第二十九期，一九五九年三月《人生杂志》十七卷九期重载。）

五　阴与阳

阴阳是两相对立，同时并起的。若必加分别，则应该是阴先阳后。让我们把男女两性来讲，男女异性似乎是两相对立，同时并起的。但照生物进化大例言，当其没有雌雄男女之别以前，即以单细胞下等生物言，他的生育机能早已具有了。生育是女性的特征，可见生物应该先具有女性，逐步演化，而再始有男性，从女性中分出。女性属阴，男性属阳，故说阴先阳后。

再言之，从无生命的物质中演化出生命，物质属阴，生命属阳，此亦阴先阳后。若论死生，应该先有死，后有生。死不仅是生命之消散，同时也还是生命之未完成。生由死出，而复归于死，如是则仍是阴先阳后。

老庄言，天地万物生于有，有出于无，而还归于无。生命来自物质，又归入物质。文化出于自然，又复归于自然。一切皆如此。若用中国人阴阳观念言，应云“阳出于阴，而复归于阴”。阴阳之序列，不单是一先后的问题，乃是阳依附于阴而存在。没有阳之前可以先有阴，没有阳之后仍可以有阴。但若没有了阴，亦绝不能再有阳。《易经》以《乾》、《坤》两卦代表阴阳。乾德为“健”，坤德为“顺”。健是动，顺也不就是静，其实顺还是动，只是健属“主动”，顺属“随动”。何以不说被动而云随动？因被动是甲物被乙物推动，随动是甲物随顺乙物而自动。主动和随动一样是“自动”，只是一先一后之间有分别。至于被动则并非自动，只是他动而已。

今论自然界，似乎彻首彻尾，只该有顺动，不见有主动。或可说只有自动，没有主宰此动或生出此动之另一动。甲顺随乙，乙又顺随丙，丙顺随丁，丁顺随戊，如是以至无限无极，相互牵连相互推排，找不出一个起点，寻不出一个主脑，一切顺随，一切无自性。换言之，却即是一切自然。若你要在自然界中定寻出一主脑，定指出一起点，那便是宗教信仰的上帝创世了。否则自然只是自然，随动只是随动，一个挨一个，一层挨一层，没有头，没有脑，此之谓“无极”。无极是前无起，后无止，谁也不主张谁，如是则一切随动等于不动，因此亦谓之“静”。

中国道家看准了这一点，所以六十四卦始于“归藏”。万物原于坤，复归藏于坤，归藏是最终极的，同时又是最原始的。但你若以《坤卦》为原始卦，则又教人想到一切动作有一个最先的开始，若有一个最先的开始，则此一开始决非随动而是主动了。则请问主此动者繄谁？在人类知识里，实在找不出自然界的主动来，只见一切动作皆是随动，故道家不称《坤卦》为原始，而称之曰“归藏”，归藏也并不是消灭或完了。有人想，由物质界演出生命，由生命界演出人类，由人类演出文化，似乎逐步展演，永无止境，其实一切展演，到底还是要回归于自然，一步也前不得。道家畅阐此义，故名《坤卦》曰归藏，而定为六十四卦之第一卦。

儒家不主张自然而推尊“人文”，就人以言人，人类由自然界生命界动物界展演而来，又由人类展演出高深的文化。人文所与自然不同者，最主要的便是他有一个“主动”，由自然展演而为人文，即是由随动中展演出主动来。试再举男女两性言之，在单细胞生物没有分别雌雄男女以前，生物界只有生生不息而已。此一种生命意志之生生不息，永永向前，实在已有了一点主动的精神，侵入了自然界随动的范围。应该说是从自然界随动的范围内积久酝酿而产出此一点主动的精神。但那种生生不息，永永向前的一点主动精神，到底不鲜明，不健旺，还是随动意味多，主动意味少。换言之，还是不脱自然姿态。自从雌性中分出了雄性，女性中分出了男性，于是主动随动之别更鲜明了。男性雄性是代表了主动。雌性女性则代表了随顺。故由有雄性男性而生活意志之主动形式更鲜明更强烈。这是生命界一大进化。我们不妨说，自然界以顺动为特征，人文界以主动为特征，人文演进之大例，即在争取主动。儒家就人论人，故取《乾卦》为第一卦。

就自然界言，是阴先于阳。就人文界言，应该阳先于阴，争取主动来支配自然界的一切随动。但人文主动，本亦从自然随动中演出，而且他自有一个极限，其最后归宿仍必回入自然。此层儒家深知之，故《乾卦》六爻，初爻“潜龙勿用”，上爻“亢龙有悔”，又说“群龙无首，吉”。这些都是要在争取主动中间仍不违背了顺动之大法。在创进文化大道上，要依然不远离了自然则律。若荀子所谓的“戡天主义”，实非儒家精神。

阴阳又代表人世间的君子与小人。依照上述理论，君子从小人中间产出，他还是依附于小人而存在，而且最后仍须回归于小人。犹譬如从自然中产生文化，文化依然要依附自然而回归于自然。所以小人常可以起意来反对君子，君子却始终存心领导小人，决不反对小人。小人可以起意残害君子，君子却始终存心护养小人，决不残害小人。从小人中间产生出君子，再浅譬之，犹如树上开花，树可以不要花，花不能不要树。自然可以不要文化，文化不能不要自然。同样，自然可以毁灭文化，文化断不能毁灭自然。但人文主义者，则仍自以文化为重，君子为贵。

（民国三十七年六月二十九日上海《申报》副刊《学津》第三十期，一九五九年四月《人生杂志》十七卷十期重载。）

六　艺术与科学

清晨披读报纸，国内国外，各方电讯，逐一浏览，你若稍加敏感，你将觉得世界任何一角落，出了任何一些事，都可和你目前生活相关。中国诗人用的“世网”二字，现在更见确切。世界真如一口网，横一条，竖一条，东牵西拉，把你紧紧捆扎在里面。你若住在繁华都市，如上海之类，你抛弃报纸走向街中，你将更感到外面火辣辣，乱哄哄，不由得你心里不紧张，要耳听四面，眼看八方。总之，目前的科学愈发达，世界愈挤得紧了，人生因此愈感得外面压迫，没有回旋余地。个人小我的地位几乎要没有了。只有在傍晚或深夜，当你把当天业务料理粗完，又值没有别人打扰，偶尔觉得心头放松，可有悠然的片晌。否则或暂时抽身到山水胜地或乡村静僻处，休假一两日，你那时的心境，真将如倦鸟归林，一切放下，一切松开。你将说这才是我真的人生呀！

让我们记取上面一节话，把想象提前一两个世纪，乃至七八百年，一两千年，那时的人生又是怎样呢？不用说，在那时，现代科学尚未兴起，世界是松散的，不紧凑；人生是闲漫的，不慌张。你为你，我为我，比较地可以各不相干。他们外面的世界，物质的环境，比我们狭小；但他们内部的天地，心上的世界，却比我们宽大。浅言之，他们的日常生活，大体上应是常如我们每天傍晚下了公事房，或者常如我们在周末下午与星期日，他们日子过得较舒闲、较宽适，或可说他们毕生常如我们在春假的旅行中。你不妨把一个农村和一个工厂相比。农夫在田野工作，和工人在厂房工作，他们的心境和情绪上之不同，你是知道的。又譬如设想在海港埠头上的一个旅馆，和在深山里的一个佛寺，当你和一大批远道经商的队伍，初从海轮上渡到这埠头上的旅馆里来，和你伴随二三友朋，坐了山轿，或跨了小驴，寻访到一个大树参天下的古寺的山门口相比，你将约略明白得现代生活和古代生活在人的内心上之差别处。

但话又说回来，古代的人，只要是敏感的，他又何尝不觉到是身婴世网呢？而且他们的感觉，会比我们更灵敏，更强烈。他们的时代，脱离浑浑噩噩的上古还不远，正如一匹野马，初加上辔头鞍勒，他会时时回想到他的长林丰草。待他羁轭已久，他也渐渐淡忘了。又如一支烛光，在静室里，没有外面风吹，他的光辉自然更亮更大。古代人受外面刺激少，现代人受外面刺激多。一支烛点在静庭，一支烛点在风里，光辉照耀，自然不同。古代人的心灵，宜乎要比现代人更敏感。一切宗教、文学、艺术，凡属内心光辉所发，宜乎是今不如昔了。

古代生活如看走马灯，现代生活如看万花筒，总之是世态纷纭，变幻无穷。外面刺激多，不期而内面积叠也多。譬如一间屋，不断有东西从窗外塞进来，塞多了，堆满了一屋子，黑樾樾，使人转动不得。哪里再顾得到光线和空气。现代人好像认为屋里东西塞实了是应该的，他们只注意在如何整叠他屋里的东西。古代人似乎还了解空屋的用处，他们老不喜让外面东西随便塞进去。他常要打叠得屋宇清洁，好自由起坐。他常要使自己心上空荡荡不放一物，至少像你有时的一个礼拜六的下午一般。憧憬太古，回向自然，这是人类初脱草昧，文化曙光初启时，在他们心灵深处最易发出的一段光辉。一切大宗教、大艺术、大文学都从这里萌芽开发。

物质的人生，职业的人生，是各别的。一面把相互间的人生关系拉紧，一面又把相互间的人生关系隔绝。若使你能把千斤担子一齐放下，把心头一切刺激积累，打扫得一干二净，骤然间感到空荡荡地，那时你的心开始从外面解放了，但同时也开始和外面融洽了。内外彼此凝成一片，更没有分别了。你那时的心境，虽是最刹那的，但又是最永恒的。何以故？刹那刹那的心态，莫不沾染上一些色彩，莫不妆扮成一些花样，从这些花样和色彩上，把心和心各别了，隔离了。只有一种空无所有的心境，是最难觌面，最难体到的。但那个空无所有的心境，却是广大会通的。你我的心不能相像，只有空无所有的心是你我无别的。前一刻的心不能像后一刻，只有空无所有的心，是万古常然的。你若遇见了这个空无所有的心，你便不啻遇见了千千万万的心，世世代代的心，这是古代真的宗教、艺术、文学的共同泉源。最刹那却是最永恒，最空洞却是最真切。我们若把这一种心态称之为最艺术的心态，则由这一种心态而展演出的人生，亦即是最“艺术的人生”。

科学发展了，世界的网线拉紧了，物质生活、职业生活愈趋分化，社会愈复杂，个人生活愈多受外面的刺激和捆缚，心与心之间愈形隔离，宗教、艺术、文学逐步衰颓，较之已往是远为退步了。“科学”与“艺术”似乎成为相反的两趋势，这是现代敏感的人发出的叹声。但人生总是一个人生，论其枝末处，尽可千差万别。寻根溯源，岂不仍从同一个人生上出发？

科学似乎是重量不重质的，他们惯把极复杂的分析到极单纯，把极具体的转化到极抽象。数学和几何，号为最科学的科学，形和数，只是些形式，更无内容，因而可以推概一切。从此领导出现代科学种种的门类。人事则最具体、最复杂、最难推概，人生不能说仅是一个形式，人事不能把数字来衡量、来计算。但你若能把人事单纯化、抽象化，使人生也到达一个只具形式更无内容的境界，岂不便是人生科学化的一条大路吗？

一切人事的出发点，由于人的心，现在把心的内容简单化了，纯净化了，把心上一切渣滓澄淀，把心上一切涂染洗涤，使此心时常回到太古乃至自然境界，让他空荡荡地，不着一物。那时则一念万念，万念一念，也像是只有量，不见质了，那岂不如几何学上一个三角一个圆，岂不如数学上的二加二等于四。你若能把捉到此处，这是佛家所谓父母未生以前的本来面目呀！

父母未生以前，哪里还有本来面目？这不过是说这一个心态，是一切心态之母，一切心态都从此心态演出。好像科学上种种理论，都可从形数最基本的推理逐步演出一般。

再譬之，这一心态，也可说恰如最近科学界所发明的原子能。种种物质的一切能力都从此能上展演。不论宗教、艺术、文学，人类的一切智慧，一切心力，也应该都从这一源头上汲取。如你能把自己的心，层层洗剥，节节切断，到得一个空无所有，块然独立的阶段，便是你对人生科学化已做了一个最费工夫而又最基本的实验。科学人生与艺术人生，在此会通，在此绾合了。

人文本从自然中演出，但人文愈发展，距离自然愈疏远。距离自然愈疏远，则人文的病害愈曝著。只有上述的一个心态，那是人文和自然之交点。人类开始从这点上游离自然而走上文化的路。我们要文化常健旺，少病痛，要使个人人生常感得自在舒适，少受捆缚，只有时时回复到这一个心态上，再来吸取外面大自然的精英。这是一个方便法门，文化圈子里的人明白了这一个方便法门，便可随时神游太古，随时回归自然了。西方社会在科学文明极发达的环境里，幸而还有他们的宗教生活，无意中常把他们领回到这一条路上去。

中国社会宗教不发达，但对上述的这一个艺术人生和科学人生的会通点，即自然和人文的交叉点，却从来便有不少的经验和修养。中国已往，便有不少极高深的理论，和极精微的方法，在这方面指导。我们在此世网重重的捆缚中，对当前科学世界的物质生活若感到有些困倦或苦痛，何不试去看几篇《庄子》，或唐代的禅宗乃至宋明理学家言，他们将为你阐述这一个方便法门，他们将使你接触上这一个交叉点，他们将使你在日常生活中平地添出无限精力，发生无限光辉。

（此文作于民国三十七年春，刊于一九五九年四月《人生杂志》十七卷十期。）

七　无我与不朽

古今中外，讨论人生问题，似乎有两个大理论是多少相同的。一是“无我”，一是“不朽”。初看若相冲突，既要无我，如何又说不朽。但细辨实相一致，正因为无我，所以才不朽。

人人觉得有个我，其实我在哪里，谁也说不出。正因为在不知何年代以前的人，他们为说话之方便或需要，发明运用了这一个“我”字。以后的人将名作实，便认为天地间确有这一个我。正如说天下雨，其实何尝真有一个天在那里做下雨的工作呢？法国哲人笛卡尔曾说：“我思故我在。”其实说我在思想，岂不犹如说天在下雨？我只能知道我的思想，但我的思想不是我，正犹如我的身体不就是我。若说我的身体是我，那我的一爪一发是不是我呢？若一爪一发不是我，一念一想如何又是我呢？当知我们日常所接触、觉知者，只是些“我的”，而不是“我”。

如何叫“我的”呢？若仔细推求，一切“我的”也非“我的”。先就物质生活论，说这件衣服是我的，试问此语如何讲？一件衣服的最要成分是质料和式样。但此衣服的质料，并非我所发明，也非我所制造，远在我缝制此衣服以前，那衣服的质料早已存在，由不少厂家，大量纺织，大批推销，行遍世界。那件衣服的质料，试问于我何关呢？若论式样，也非由我创出，这是社会一时风行，我亦照此缝制。那衣服的质料和式样，都不由我，试问：说这件衣服是我的，这“我的”二字所指繄何？原来只是这件衣服，由我穿着，归我使用，那件衣服的所有权暂属于我，因而说是我的。岂不是这样吗？试跑进皮鞋铺，那玻璃柜里罗列着各种各样的皮鞋，质料的制成，花式的规划，都和我不相干。待我付出相当价格，把一双皮鞋套上脚，便算是我的了。其实少了一个我，那些纺织厂里的衣料，皮鞋作里的皮鞋，一样风行，一样推销，一切超我而存在，与我又何关呢？同样理由，烹饪的质和味，建筑的料和样，行路的工具与设备，凡属物质生活方面的一切，都先我而存在，超然独立于我之外，并不与我同归消灭。你却说是“我的”，如何真算是“我的”呢？外面早有这一套，把你装进去，你却说这是“我的”，认真说，你才是他的。

其次说到集团社群生活，如我的家庭，我的学校，我的乡里，我的国家，说来都是我的，其实也都不是我的。单就家庭论，以前是大家庭制，现下是小家庭制。以前有一夫多妻，现在是一夫一妻。以前是父母之命媒妁之言，现在是自由恋爱。以前的父母、兄弟、婆媳、妯娌之间的种种关系，现下都变了，试问是由于我的意见而变的吗？还不是先有了那样的家庭才把我装进去，正犹先有了那双皮鞋让我穿上脚一般，并非由我来创造那样的家庭，这又如何是我的呢？我的家庭还不是和你的家庭一般，正犹如我的皮鞋也和你的皮鞋一般，反正都在皮鞋铺里买来，并不由你我自己作主。家庭组织乃至学校国家一切组织，也何尝由我作主，由我设计的呢？他们还是先我而存在，超然独立于我之外，并不与我同尽，外面早有了这一套，无端把我填进去。所以说我是被穿上这双皮鞋的，我是被生在这个家庭的，同样，我是他的，他不是我的。

再说到内心精神生活，像我的爱好，我的信仰，我的思想等。我喜欢音乐戏剧，我喜欢听梅兰芳的唱，其实这又何尝是我的爱好呢？先有了梅兰芳的唱之一种爱好，而把我装进去，梅兰芳的唱，也还如皮鞋铺里一双鞋，并不由我的爱好而有，也并不会缺了我的爱好而便没有。我爱好杜工部诗，我信仰耶稣教，都是一般。世上先有了对杜工部诗的爱好，先有了对耶稣教的信仰，而我被加进了。岂止耶稣教不能说是我的信仰，而且也不好便说这是耶稣的信仰。若你仔细分析耶稣的信仰，其实在耶稣之前已有了，在耶稣之后也仍有，耶稣也不能说那些只是我的信仰。任何一个人的思想，严格讲来，不能说是“他的”思想。哪里有一个人会独自有他的“我的思想”的呢？因此严格地说，天地间绝没有真正的“我的思想”，因此也就没有“我的”，也便没有“我”。

有人说，人生如演剧，这话也有几分真理。剧本是现成的，你只袍笏登场，只扮演那剧中一个角色。扮演角色的人换了，那剧本还是照常上演。当我生来此世，一切穿的吃的住的行的，家庭、国家、社会、艺术爱好、宗教信仰、哲理思维，如一本剧本般，先存在了，我只挑了生、旦、净、丑中一个角色参加表演，待我退场了，换上另一个角色，那剧本依然在表演。凡你当场所表演的，你哪能认真说是我呢？你当场的一切言语动作，歌哭悲欢；哪能认真说是我的呢？所以演剧的人生观，却比较接近于“无我”的人生观。

但如何又不朽呢？这一切已在上面说过，凡属超我而存在，外于我而独立，不与我而俱尽的，那都是不朽。所以你若参加穿皮鞋，并没有参加了不朽的人生，只有参加做皮鞋的比较是不朽。

参加住屋，不如参加造屋。参加听戏，不如参加演戏，更不如参加编剧与作曲。人生和演剧毕竟不同，因人生同时是剧员，而同时又是编剧者作曲人。一方无我，一方却是不朽。一般人都相信，人死了，灵魂还存在，这是不朽。中国古人却说立德、立功、立言为三不朽，凡属德、功、言，都成为社群之共同的，超小我而独立存在，有其客观的发展。我们也可说，这正是死者的灵魂，在这上面依附存在而表现了。

（此文作于民国三十七年春，刊于一九五九年四月《人生杂志》十七卷十期。）

八　成色与分两

阳明良知之学，本自明白易简，只为堕入心本体的探索中，遂又转到了渺茫虚空的路上去。阳明自己说：

> 目无体，以万物之色为体。耳无体，以万物之声为体。鼻无体，以万物之臭为体。口无体，以万物之味为体。心无体，以天地万物感应之是非为体。

可见要寻求心体，只在天地万物感应是非上寻，哪有关门独坐，隔绝了万物感应，来探索心体的。江右聂双江、罗念庵主张“归寂守静”，纵说可以挽救王学之流弊，但江右之学本身也仍然有流弊。钱绪山、王龙溪亲炙阳明最久，他们对江右立说，多持异议。绪山说：

> 斑垢驳杂，可以积在镜上，而加磨去之功。良知

虚灵非物，斑垢驳杂停于何所。磨之之功又于何所？今所指吾心之斑垢驳杂，乃是气拘物蔽，由人情事物之感而后有。如何又于未涉人情事物之感之前，而先加致之之功？

又说：

明不可先有色，聪不可先有声。目无一色，故能尽万物之色。耳无一声，故能尽万物之声。心无一善，故能尽天下万事之善。今人乍见孺子入井，皆有怵惕恻隐之心，是谓善矣。然未见孺子之前，岂先加讲求之功，预有此善以为之则？抑虚灵触发，其机自不能已。先师曰“无善无恶者心之体”，正对后世格物穷理之学为先有乎善者立言。

又说：

未发寂然之体，未尝离家国天下之感，而别有一物在其中，即家国天下之感之中而未发寂然者在焉。离已发求未发，必不可得。久之则养成一种枯寂之病，认虚景为实得，拟知见为性真。

这些话，皆极透切。我们正该从两面鉴定衡平地来会合而善观之始得。后来梨洲偏说江右得阳明真传，绪山、龙溪在师门宗旨，不能无毫厘之差，此因后来伪良知现成良知太流行，故他说来，要偏向一面耳。

何以阳明学会流入伪良知现成良知接近狂禅的一路？又何以要产生出江右一派“归寂主静”来探索心体之说作矫挽？这里至少有一层理由，不妨略述。

阳明原来有“成色”和“分两”的辨论，去人欲，存天理，犹炼金而求其足色。是你自知是，非你自知非，你只致你良知，是的便行，非的便去，这是愚夫愚妇与知与能的。但到此只是几钱几分的黄金，成色虽足，分两却轻。尧、舜、孔、孟，究竟不仅成色纯，还是分两重。即如阳明《拔本塞源论》里所说，如稷勤稼，契善教，夔司乐，夷通礼。到底那些圣人不仅是成色纯了，同时还是分两重，稼吧、教吧、乐吧、礼吧，那些都是分两边事，不是成色边事。孟子说：

> 有大人之事，有小人之事。

我们若说“心事合一”，又如何只求大人之心，不问大人之事呢？尧舜着意在治天下，稷、契、夔、夷着意在稼、教、礼、乐，成色因专一而纯了，分两也因专一而重。故良知之学，第一固在锻炼成色，这个锻炼，应该明白简易，愚妇愚夫与知与能，阳明《传习录》里，多半是说的这一类。至于罗念庵聂双江守静归寂，发悟心体，这却不是愚夫愚妇所知所能。绪山《答念庵书》说：

> 凡为愚夫愚妇立法者，皆圣人之言也。为圣人说道妙发性真者，非圣人之言。

依照绪山此说，阳明说话本为愚夫愚妇立法。而学阳明的人，心里却早有一倾向，他们并不甘为愚夫愚妇，他们都想成大圣大贤。若要成大圣大贤，固须从锻炼成色，不失为一愚夫愚妇做起，但亦不该只问成色，只在愚夫愚妇境界。他还须注意到孟子所谓的大人之事。不应尽说只是洒扫应对，便可直上达天德。何况连洒扫应对都懒，却来闭门独坐，守静归寂。孔子说：

> 十室之邑，必有忠信如丘者焉，不如丘之好学也。

天下哪有不忠不信的圣贤，但只是忠信，则十室之邑有之，虽是黄金，成色非不足，分两究嫌轻。稷、契、夔、夷是以忠信孝弟之心来做稼教礼乐之事。你尽学稼教礼乐，反而离了忠信孝弟；尽想学大圣大贤，反而违离了愚夫愚妇，固不是。但也不该老在成色上学圣贤，只讲忠信孝弟，不问稼教礼乐。于是高明豁达的不免要张皇做作，走上伪良知狂禅的路。沉潜谨厚的，便反过身来走江右路子。其实圣贤路程并不如此。若以愚夫愚妇与知与能者亦为圣贤，则愚夫愚妇之忠信孝弟，成色十足，是一个起码圣贤。尧、舜、孔、孟、稷、契、夔、夷分量重的，是杰出的圣贤，透格的圣贤。你若不甘做起码圣贤，而定要做透格圣贤，还得于成色分两上一并用心。

于此便连想到朱子。朱子（答林择之）曾说过：

> 疑古人先从小学中涵养成就，所以大学之道，只从格物做起。今人从前无此工夫，但见大学以格物为先，便欲只以思虑知识求之，更不于操存处用力。纵使窥测得十分，亦无实地可据。

可见朱子说格物穷理，只是大学始教。大学以前还有一段小学，则须用涵养工夫，使在心地上识得一端绪，再从而穷格。若会通于我上面所说，做起码圣人是小学工夫，做杰出透格圣人是大学工夫。先求成色之纯，再论分两之重，这两者自然要一以贯之，合外内，彻终始。稷勤稼，因其性近稼；契司教，因其性近教，断不能只求增分两，而反把成色弄杂了。但亦不能只论成色，不问分两。巨屦小屦同价，硬说百两一钱，同样是黄金，却不说哪块黄金只重一钱，哪块黄金则重百两。

如是言之，则阳明“良知学”，实在也只是一种“小学”，即小人之学。用今语释之，是一种“平民大众的普通学”。先教平民大众都能做一个起码圣人。从此再进一步，晦翁的“格物穷理”之学，始是大学，即大人之学。用今语释之，乃是社会上一种“领袖人才的专门学”。这种学问还是要在“心地”上筑起，也还是要在心地上归宿。换言之，分两尽增，成色绝不可杂。可惜阳明在《拔本塞源论》以后，没有发挥到这一处来。而浙中大弟子龙溪、绪山诸人，虽则反对江右之归寂主静，但永远在成色上着眼，硬要在起码圣人的身上装点出一个超格圣人来。这也可说是宋明理学家六七百年来一种相沿宿疾，总是看不起子路、子贡、冉有、公西华，一心只想学颜渊、仲弓。他们虽也说即事即心，却不知“择术”，便尽在眼前日常琐碎上用功。一转便转入渺茫处。阳明讲良知，骨子里便藏有此病。这里面却深染有佛教遗毒，若单就此点论，学晦翁的倘专注意在大学格物上，忘却了小学涵养工夫，则晦翁阳明，便成了五十步与百步，自然更不必论浙中与江右了。

（此文作于民国三十七年春，刊于一九五九年四月《人生杂志》十七卷十期。）

九　道与命

万物何从来，于是有上帝。死生无常，于是有灵魂。万物变幻不实，于是在现象之后有本体。此三种见解，不晓得侵入了几广的思想界，又不知发生了几多的影响。但上帝吧！灵魂吧！本体吧！究竟还是绝难证验。于是有人要求摆脱此三种见解，而却又赤裸裸地堕入唯物观念了。要反对唯物论，又来了唯心论。所谓唯心论，还是与上帝、灵魂与本体三者差不多。

中国思想不重在主张上帝、灵魂和本体，但亦不陷入唯物与唯心之争。本来唯心唯物是对立并起的两种见解。中国思想既没有主张唯物的，自然也就没有主张唯心的。究竟中国思想界向来对宇宙万物又是如何般的看法呢？似乎向来中国人思想并不注重在探讨宇宙之本质及其原始等，而只重在宇宙内当前可见之一切事象上。认为宇宙万物只是一事，彻始彻终，其实是无始无终，只是一事。这又是何等的事呢？中国思想界则称之曰“动”。宇宙万物，实无宇宙万物，只是一动。此动又称曰

“易”。易即是变化，即是动。宇宙万物，彻头彻尾，就可见之事象论，则只是一变动，只是一易，这一变动便是有为。但此有为却是莫之为而为，因此并不坚持上帝创物之说。而且此一变动，又像是无所为而为。故中国人思想，更不去推求宇宙万物之目的，及其终极向往，与终极归宿。只说宇宙创始便是一动，归宿还只是一动，此动又谓之易。此种动与易，则只是一“现象”。现象背后是否另有本体，中国人便不再注意了。如此可说即现象即本体。此一变动中国人又称之为造化。此“造化”两字又可分析言之。我们也可说，造是“自无造有”，化是“自有化无”。同时在造，即是同时在化；同时在化，亦即同时在造。现象后面不论本体，生命后面不论灵魂。因此在中国思想里，也不坚拒上帝灵魂与本体之说，只认为此三者，如已内在于一切事象之中了。

何以不说中国思想是唯物的呢？因为中国思想里已把一切物的个别观把来融化了、泯灭了，只存有一动。这一“动”，便把有生命界与无生命界融成一片了。任你有生也好，无生也好，都只是一动，都不能跳出动的范围。如此则没有所谓死生，所以说死生犹昼夜，因昼夜也都在一动的过程中。如此亦复无物我天人之别，因物我天人，也已尽融入此一动的概念之中了。此一动亦可称为“道”，道是无乎不在，而又变动不居的。道即物即灵、即天即人、即现象即本体，上帝和灵魂和本体的观念尽在此“道”的观念中消散了，再没有他们分别存在之严重价值了。

此道莫之为而为，所以不论其开头。此道又是无所为而为，所以不论其结束。没有开头，没有结束，永古永今，上天下地，只是一动，此动不息不已不二，因此是“至健”的，同时是“至诚”的。试问不是至健，不是至诚，又如何能永此终古不息不已不二的动呢？这一个道的不息不二至健至诚，也可说是这一道之内在的“性”，也可说是其外表的“德”。如此则一个道体便赋与了他的德性，其实德性也非外加的，只是就此道而形容之而已。仍只是就此现象而加之以一种述说与描写。

合拢看，只此一动，只此一道；但亦不妨分开看，分开看则有万世、万代、万形、万物之各别的动，或各别的道。这里的要紧处并非是一物有一物之道，乃是说“道留动而生物”。（《庄子》语）这便是说，把这动切断分开看便成其为“物”了。因此这万世万代万形万物之个别的道，并非别有道，仍是此一“大道”。一物各有一物的动，斯一物便各有一物的德性，但此德性也并非别有德性，还是此一个德性。所以说，“万物并育而不相害，道并行而不相悖”。又说，“小德川流，大德敦化”。（均《中庸》语）

你既把这个大道分开个别看，则个别与个别之间，自该各有分际，各有条理，所以中国人又常连用“道理”二字。譬如在一条大马路上，有汽车道，有电车道，有人行道。那些道，各照各道，互不相碍，便是“理”。有了理，便有“命”。命有内命，与外命。如是电车，应依电车轨道走，这是内命，不能走上汽车道或人行道，这是外命。此之内命便成彼之外命，彼之内命便成此之外命。“内命”即是“性”，正因物各有性，而且此性都是至健至诚，于是不得不互有制限。这些“制限”便是“命”，便是理，但合拢看，仍只是一“道”，不相冲突，不相妨碍。如大马路上车水马龙，各走各路，所以说，海阔从鱼跃，天空任鸟飞。鸢飞鱼跃，是形容那活泼泼的大自然之全部的自由。

这一个道，有时也称之曰“生”。“天地之大德曰生”，就大自然言，有生命，无生命，全有性命，亦同是生。生生不已，便是道。这一个生，有时也称之曰“仁”。仁是说他的“德”，生是说他的“性”。但天地间岂不常有冲突，常有克伐，常有死亡，常有灾祸吗？这些若从个别看，诚然是冲突、克伐、死亡、灾祸，但从整体看，还只是一动，还只是一道。上面说过，从道的观念上早已消融了“物我”“死生”之别，因此也便无所谓冲突、克伐、灾祸、死亡。这些只是从条理上应有的一些断制，也是所谓“义”。因此义与命常常合说，便是从外面分理上该有的断制。所以义还是成就了仁，命也还是成就了性。每一物之动，只在“理”与“义”与“命”之中，亦只在“仁”与“生”与“道”之中，冲突、克伐、死亡、灾祸是自然，从种种冲突克伐死亡灾祸中见出义、理、仁、道、生命来，是“人文”。但人文仍还是自然，不能违离自然而自成为人文。

如是道既是自然的，常然的。同时也是当然的，必然的。而且，又是浑然的。因此，中国思想不妨称为“唯道论”。把这一个道切断分开看，便有时代，有万物。这些万物处在这些时代，从其自身内部说，各有他们的性。从其外面四围说，各有他们的命。要性命合看，始是他当下应处之道。从个别的一物看，可以失其性命，可以不合道。从道的全体看，将没有一物不得其性命与不合道。只有人类，尤其是人类中最聪明的“圣人”，明白得这道理，所以说“君子无入而不自得”。自诚明，自明诚，成己、成人、成物，而赞天地之化育。

（此文作于民国三十七年春，刊于一九五九年五月《人生杂志》十七卷十二期。）

一〇　善与恶

天地间只是一“动”，此动无终无始，不已不息。试问何以能然？而且此一动既是无终无始，不已不息，在如此长时期里，一往直前，日新又新，他将何所成就，叫人又如何去认识他？在中国传统思想里，似认为此动并非一往直前，而系“循环往复”。惟其是循环往复，故得不息不已，又得有所成就。而并可为人所认识与了解。

姑举一例言，如生必有死，便是一循环，一往复。若使一往不复，只有生，没有死。你试设想在如此无穷尽的长时间中，生命一往直前，永是趋向日新，而更不回头，这岂不生也有涯而知也无涯，转成为生也无涯而知也有涯了吗？这将如何使我们能认识此生命究是什么一回事呢？不仅不可认识，也将无所成就。并且我们也不能想象他如何地能如此不已不息。现在生命走的是一条循环往复的路，生了一定的时限便有死，死了另有新的再生，如是般一而再，再而三，而至于无穷。无穷地往复，无穷地循环，在此无穷尽的不可想象的长时间里，因为有了循环，遂可把来分成一段段相当短的时间而重复表演。数十年的生命，便可表演出几百京兆亿垓年的生命过程之大概。这才使人可认识，这才使生命有成就。而在此无穷无尽的往复循环中，才得不息不已。因为虽说是无穷无尽、无始无终的长时期，其实还是往复循环在短的路程上兜圈子。

再以天象言，天运循环，虽似神化而有节序。如寒往暑来，如朔望盈虚，昼夜长短，一切可以历数纪之。因此，在变动中乃有所谓恒常与静定。譬如一个钟摆，摆东摆西，他虽永远在摆动，但你也可看他永远是静止，因他老在此一摆幅中，尽是移动，并不能脱出此摆幅，而尽向一边无尽地摆去。又譬如一个圆圈或一个螺旋，他虽永远地向前，其实并不永远向前，他在绕圈打转弯，一度一度走回头，因此循着圆周线的动，也可说是静，他老在此圆线上，并未越出此圆周之外去。

凡属圆周的，或是摆幅的，必有一个所谓“中”。这一个“中”，不在两边，不在四外，而在内里。一个摆动，或一个圆周的进行，并没有停止在那中之上，但那中则老是存在，而且老是停停当当地是个中。好像那个中在主宰着那个动。那个无终无始不息不已的“动”，好像永远在那中的控制下，全部受此中之支配。所以说“至动即是至静，至变即是至常”。在此观念下，始有所谓“性”与“命”。告子说：

生之谓性。

禅宗说：

作用见性。

这无异于指此无始无终不息不已之一“动”为“性”。但儒家则要在此不息不已无终无始的一动中指出其循环往复之定性的“中”来，说此中始是性。宋明儒喜欢说未发之中，说知止，说静，说主宰，说恒，都为此。宋儒又说“性即理”，不肯说性即气，因气止是动，理则是那动之中。若果纯气无理，则将如脱缰之马，不知他将跑到哪里去。天地将不成为天地，人物也不成为人物，一切样子，千异万变，全没交代。现在所以有此天地并此人物，则只是气中有理之故。气中有理，因有恒常，由内言之则说性，由外言之则说命。由主动言则说性，由被动言则说命。其实此一“动”即主即被，即内即外，无可分别，因此性命只是一源。都只是这一动，不过所指言之有异。

于是我们称此变异中之恒常，在此不息不已的变动中之“中”，这一个较可把握较易认识的性向而谓之曰“善”。善只是这个动势中一种恒常的倾向。既是一个恒常的倾向，因此在变动中时时出现，时时继续，一切变动不能远离他，无论如何变，如何动，终必向他回复，终必接近他而继续地存在，因此好像他成了一切动的“主宰”了。好像无此主宰，则万象万变全不可能了，那他又如何不是善的呢？离他远远的便认为只是恶。

“善”是此一动之“中”，“恶”只是“过之”与“不及”。

善恶本属专用于人事界之名，脱离了人事界，无善恶可言。人事界虽亦千变万化，不居故常，但亦有个恒态，有个中。若要脱离此恒态与中而直向前，到底不可能。举一例言之，和平与斗争，是人事中更互迭起的两形态。常常循环往复，从和平转入斗争，又从斗争回归和平。这里面便有一个中势与恒态。斗争须能觅取和平，和平须能抵挡斗争（即不怕斗争）。所以接近斗争的和平，与接近和平的斗争，都是可继续的，都可称为善。若远离了和平的斗争，和远离了斗争的和平，则距中势皆远，皆将不可成为一种恒态而取得其继续性。如是则过犹不及，皆得称为恶，恶只是不可常的。健康和疾病亦然。普通看健康人像无疾病，其实若无疾病，何来新陈代谢。代谢作用，便是离健康不远的疾病。工作休息也是一样。休息过分不能工作，是恶不是善；工作过分不能休息，同样是恶不是善。但人类思想普通总认生是正面，死是反面；和平是正面，斗争是反面；健康工作是正面，疾病休息是反面。便不免要认正面的是善，反面的是恶。但依上述理论，恶的只接近善的，也便不恶。善的若太远离了恶的，也便不善了。

孟子提出“辞让之心，人皆有之”，作为性善论的根据，荀子则提出“从人之性，顺人之情，必出于争夺合于犯分乱理而归于暴”。作为性恶论的根据，其实辞让固善，争夺亦非恶。争夺而过是恶，辞让而过亦不是善，两说各得其一偏。惟辞让属正面，争夺属反面；但没有反面，却亦不成为正面，因此反面并不就是恶，而有时正面也不便是善。这番理论，《易经》里讲得较透澈。《易》曰：

> 一阴一阳之谓道，继之者善也，成之者性也。

一阴一阳便是一反一正，往复循环，继续不断便是善。从此往复循环继续不息中便形成了性。我们从后向前逆看上去，却像性是先天命定的，这不过是人类易犯的一种错误的看法。

（此文作于民国三十七年春，刊于一九五九年五月《人生杂志》十七卷十二期。）

一一　自由与干涉

“自由”是西方思想一大主脑。但他们以为一个人的自由，应以不侵犯别人的自由为限，此语实无理致。若你的自由，以别人的自由为限界，这便是你的不自由。若别人的自由，以你的自由为限界，这又是别人的不自由。无论在经济上、政治上，他们所揭橥的自由主义，目下都起了摇动，正因为自由在相互间没有一个明确的限界。

自由的反面是“干涉”。只要天地间有两个以上东西的存在，这一个终不免要受那一个的干涉。受了那一个的干涉，便损害了这一个的自由，干涉愈多，自由愈少。对付外来干涉，不出三途：

一、是用强力压制。

二、是调和。

三、是屈服。

各人的自由，以别人的自由为限界，本来像是一种调和，可惜此种限界不易确定，因此调和遂不可能。无限向前，又是西方思想在内心要求上一特征。若以无限向前来争取自由，则相互间只有压制与屈服之两途。一面既有压制，另一面自不能无屈服。在压制与屈服的过程中，则有斗争。其实则无异于以干涉来求自由。因此最爱自由的反而最爱干涉。难道那也算是相反相成吗？

“万物并育而不相害，道并行而不相悖”（《中庸》），这是中国人的想法。但物与物之间，真个可以不相干涉不相冲突吗？还是在相互干涉中毕竟可以觅得一个理想的调和呢？侵入自然界的暂不论，专就人事方面言之。不能天地间只留你一个人，你既与人并生此天地间，便不能不受到别人的干涉。这便不是你的自由。天地间只有独一无二的才能真自由。试问人生在世，是否可以独一无二的存在呢？在我想，只有在人的内心上是可以独一无二的。何以说在内心上可以是独一无二的呢？

先举“知识”言。知是“所知”“能知”相接而成，这已超乎能所之上而独立，亦可说调和能所而中立了。能知接触到所知，或可说所知对能知发生了一番干涉。但若仅从知的方面说，那番干涉是绝不损害到被干涉者之自由的。受饿受冷的人，从物质生活言，可说他不自由。但若仅从知识言，饿了知饿，冷了知冷，那个知是没有什么不自由可言的。“知识”超乎物我对立之上，是调和物我之对立而成的，知是绝对的，因此是自由的。或者要说，知识若果自由，如何又有不知？其实知道你不知也是知。知识的正面和反面同样是个知，所以人心之知到底是绝对的，又是自由的。

进一层说“情感”。喜、怒、哀、乐种种情感，人们往往为此而感到不自由。其实就喜怒哀乐情感之本身言，也是绝对而自由的。因其亦超能所而独立，亦是调和能所而中立的。所以喜是自由的喜，怒是自由的怒，哀乐是自由的哀乐。如好好色，如恶恶臭。一面是干涉，一面即是自由。你不该说，因有外面好色干涉我，使我不得不好，因此失却了我的自由。或说因有外面恶臭干涉我，使我不得不恶，因此失却了我的自由。当知是由你好了，才见他是好色。由你恶了，才见他是恶臭。窈窕淑女，君子好逑，是自由；求之不得，辗转反侧，也是自由。当知求之不得的“求”，仍是我心之自由。得与不得是外面事。外面事，自然不在我们的自由之内。但求之不得而辗转反侧，这又是我心之自由了。你若专从自己内心喜怒哀乐一切情感上说，则应该是自由的。

由上所述，自由是“内发”的，干涉是“外来”的，但两者间并非没有可以调和融通之点。内心的知识与情感，都已调和内外，超物我之相对而中立。因此凡属科学、艺术、文学、宗教、道德一切内心生活，属于知识与情感之积极伸展者，都应该尽量让其自由，而且也无往而不可得其尽量之自由的。但一牵涉外面事物，则干涉往往有时要超过了自由。其关于物质自然方面的，可以说知识即权力。知识进步，即是权力进步。所谓“权力”者，无异即是对外面物质施以高压而使之屈服。但此也有限度，而且只可施之自然物质界。若在人文社群方面，此乃属人类之自身，未必便可应用对付物质自然界之同一途径与同一方法。因此对物质自然界可以“知识”为主，或说偏重知识；对人文社群则仅可以“情感”为主，或说偏重于情感。当知高深的知识与恳挚的情感，同样是一种权力，同样可以使人走上自由大道。中国古语，“天王圣明”，“臣罪当诛”，以及“天下无不是的父母”云云，皆是一种情感恳挚的话。如大舜之孝，屈原之忠，并不是对外屈服，而是一种内心情感向外伸舒之无上自由。融和了外面干涉的一种内在自由。瞽瞍和楚怀王，无异是对舜和屈原的内心要求的一个强烈的干涉，舜和屈原并不为之屈服，也非要加瞽瞍与楚怀王以高压而使自我胜利。舜与屈原之孝与忠，乃是超人已而中立一元化的一种情感完成之表现。老子说：“六亲不和有孝慈，国家昏乱有忠臣。”这是实话。当知六亲不和与国家昏乱，并不能使忠臣孝子不能自由完成其忠孝之心情。人文历史上一切艺术、文学、宗教、道德之最高成就，都是这一种内心自由的表现。

科学知识是一种融通“物我之知”之向外伸舒之无上自由，艺术、文学、宗教、道德是一种融通“人我之情”之向外伸舒之无上自由。其间艺术亦有对物，科学亦有对人，此间只举大体论列。这些都是内发的。至于政治上的权势，经济上的财富，这都不在内心方面建立基础，其重要的条件，都偏倾在外面事物上。若向此等处要求自由，一方面未可必得，另一方面又将转换成对别人的一种干涉。真爱好自由的人对此应感淡漠。

中国传统思想似乎只偏重在内心情感方面，对于知识自由，未能积极提倡。西方近代自由呼声，最先是为科学知识之觉醒所唤起，但后来无限度引用到政治和经济方面去，则亦不胜流弊。英哲罗素在第一次世界大战时，即提出“创造冲动”和“占有冲动”之区别，大概亦是有见于此而发吧！

（此文作于民国三十七年春，刊于一九五九年六月《人生杂志》十八卷二期。）

一二　斗争与仁慈

西洋历史，若从外面讲，自然是该从希腊罗马直讲下来的。但若从西洋史之内心讲，则应该由中古时期讲起的。换言之，近代欧洲人之心灵开发，显然是从基督教开始的。后来拐了弯，从中古神学传统里逃出，而有他们的所谓“文艺复兴”，古代希腊罗马人的心灵，才在近代欧洲人心上重见复活。但在其思想传统上，他们仍保留了一个“上帝”，神的观念。此后再三转身，而变出他们哲学上的“唯心论”，变成一个超乎物质以上的绝对精神来。直到黑格尔的辨证法与其历史哲学，才把唯心哲学的重心又全部降落到人事上来。但其宇宙观的底里，则始终还是中古神学之变相。我们若从斯宾诺莎之泛神论，费尔巴哈之无神论，直看到马克斯的历史唯物论，如此禅递而下，可见近代西方想把上帝和神和绝对精神等等神秘观念尽量从人事中排出，是一件费大力的事。但无神论和唯物论，西方一般思想家，究是不能予以赞同的。

正因基督教乃是近代欧洲之最先心灵的曙光初射呀！

但在中国则不然。中国人自始便不曾建立起一套具体的、肯定的、太严肃的一神论，因此也不会反激出无神和唯物的极端思想来。儒家思想并不从上帝和神出发，但仍保留着神和上帝，并没有明白加以破弃。庄子思想，似可归入无神论，但庄子也不是主张唯物的。无宁说此下中国的思想界，主要是想把“神、物交融”来作人文中心之外围的。近来的中国思想界，因感染了西方潮流，遂认为中国思想传统一向是唯心论，又要盛夸黑格尔的绝对精神来尸祝供奉，认为惟此可对马克斯一派的唯物论作祛邪吓鬼之用，那就显得无聊了。

就中国论中国，中国人自有一套中国的历史哲学。黑格尔与马克斯同样注重在解说历史，求在历史中发见定律，再把来指导人生。只是黑格尔把历史必然地推演到绝对精神上去，那未免玄之又玄了。而且那种历史开展的大责任，又专放在日耳曼民族的肩膀上，又嫌大狭窄了。马克斯则一反黑氏之所为，把历史必然地推演到无产阶级专政，那像是比较具体而切近了，而且他又把历史开展的大责任，放在全世界无产阶级的肩膀上，便无怪其多方有人闻风兴起了。至于中国人的历史哲学，却并不专重在解释历史，而更重在“指导历史”，并不专重在发现将来历史事变之“必然性”，而更重在发现当前事理事情之“当然性”，这便与黑、马两氏大相径庭了。

历史是人造的，人生基础不能全抹煞了物质经济生活条件。中国史学家无不承认此一点。但人生问题至少不能全由物质经济生活条件来领导、来解决。人生问题，至少有一个理所当然，而中国思想之看此“理”字，则既不是唯物的，也不是唯心的。因此从中国传统思想来看，马克斯至少是不深入，而且是不妥当。若我们也来承认马克斯的唯物史观也有其真理，最多只说马氏谓人生历史上一切上层精神活动，无论为政治的、社会的、道德的、宗教的、文学的、艺术的，都将由下层的基本的物质经济生活条件而决定，如是则马克斯的唯物史观究竟也并不能否认了历史上有一批上层的精神活动之存在。而且我们也可说，物质经济生活条件之所以重要，所以有价值，正为其能补助一切上层的精神活动之故。若使上层的一切精神活动全失其价值，则在其下层而补足他的物质条件之价值之重要性，亦将连带动摇而失落。若是则人类应该如何来选择他们的物质生活，正应该看其如何能影响其一切上层的精神生活之差异而加以判别。明白言之，我们正因为欢迎那样的精神生活，所以才赞成那样的物质条件。若就纯自然界的立场看，纵说物质生活决定了精神（仔细说来，则也只能说是规定而不能说决定），但若改就人文界的立场看，则还应该是精神领导着物质。唯物史观只发挥了上一节，而忽略了下一节。因此马克斯的历史唯物论，在西方思想史上，或可说他有一种推倒开拓之处。而在中国思想史上，则应该只成为一种浅薄之短见而已。由此试再连带说到达尔文的生物进化论。

达尔文的生物进化论，自然也和马克斯的历史哲学有其内部精神之相通处。马克斯自己说，达尔文的书，给予了他论历史的阶级斗争以一个自然科学的基础。但在中国人看来，达尔文的创见，似乎也不见有怎样的奇创。因中国根本没有认真主张过上帝创世造物那一套理论。所以中国人骤然看了达尔文的进化论，也不觉得他的伟大的革命性，却只以为事实有如此而已。但其间仍有一不同。中国人只说“天地之大德曰生”，或说“天地不仁，以万物为刍狗”。无论儒家道家，都不说上帝造物，亦没有达尔文万物竞存优胜劣败天然淘汰那一套意想。正面说，生是天地大德；反面说，生如刍狗。你生我灭，在天地的不仁与无心中转圈子。因此达尔文心目中的“自然”，是强力的“斗争”的。就使如克鲁泡特金的互助论，也依然把强力与斗争做骨子。中国人心目中的自然，却把这一种强力与斗争的意象冲淡了，只觉得轻松散漫，甚至活泼自在。这一层同样可以来分别东西双方的历史观。马克斯的历史唯物论，以“阶级斗争”为其历史发展之主要骨干。而中国人看历史也如看自然般，总是看不起强力，看不起斗争。虽则中国人并不抱着上帝一神，博爱救世等等信念，但总“主和平”，“主顺随”，警策人虔敬恪恭。走上不好的路固是轻松散漫，走上好的路，则是活泼自在。儒家在这上又加上了一个指导精神，便是人类相互间的“仁慈”。那种仁慈，却不定说是上帝的爱，只在人与人间，指出那一番恻怛至诚便是。亦并不是什么宇宙的绝对精神，只是在日常人生物质经济生活上相互间之一种体谅与同情便是。儒家提出此一点人心所与知与能者来领导历史发展。又何尝硬要演绎出一套唯心哲学来。

其实这一种差别，亦可用外面物质条件来解释。西方的地理环境，气候物产，生活条件，经济状况，多在“分裂”状态中，遂引得他们看宇宙看历史总偏重在“强力与斗争”。中国的地理环境，气候物产，生活条件，经济状况，常在“混一”状态中，遂引得他们看宇宙看历史，总偏重在“和平与仁慈”。最多也只可说双方各得一偏。在生物进化，在人类历史发展中，固有强力与斗争，终不能说没有仁慈与和平。而在中国人传统思想方面说，和平与仁慈终还是正面，强力与斗争只像是反面。纵说强力与斗争是必然的吧，但必然里还该有一个当然，斗争中还该有一种仁慈。却不该说仁慈中必该寓有斗争呀！

（此文作于民国三十七年春，刊于一九五九年六月《人生杂志》十八卷三期。）

一三　礼与法

“礼治”和“法治”，见称为中国政治思想史上的两大潮流。依照中国国情而论，中国是一大农国，以一个中央政府统治若大一个国家，应该有一种普遍而公平的法律，才能将全国各地摄合在一起。而且农业社会比较稳定，不多变动，那一种法律，因而也必得有其持久性以相适应，因此中国政治从其客观要求论，实在最易走上一条法治的路，用一种统一而持久性的法律来维系政治。但中国思想界却总是歌咏礼治，排击法治。尤其是儒家可为代表。这里面也有一番理由。

比较而言，礼之外面像是等级的，其实却是“平等”的；法之外面像是平等的，其实则是“等级”的。礼是导人走向“自由”的；而法则是束缚“限制”人的行为的。礼是一种“社会性”的；而法则是一种“政治性”的。礼是由社会“上推”之于政府的；而法则是由政府而“下行”之于社会的。无论如何，礼必然承认有对方，而且其对对方又多少必有一些“敬意”的；

法则只论法，不论人。杀人者死，伤人及盗抵罪，哪曾来考虑到被罚者。因此礼是私人相互间事；而法则是用来统治群众的。礼治精神须寄放在社会各个人身上，保留着各个人之平等与自由，而趋向于一种松弛散漫的局面。法治精神则要寄放在国家政府，以权力为中心，而削弱限制各个人之自由，而趋向于一种强力的制裁的。中国人传统提倡礼治，因此社会松弛散漫。不是自由太少，而是自由太多。政治只成为一个空架子，对社会并没有一种强力与束缚，往往不能领导全国积极向某一目标而前进。

深一层言之，法的重要性，在保护人之“权利”。而礼之重要性，则在导达人之“情感”。权利是“物质”上的，而情感则是“性灵”上的。人类相处，不能保卫其各自物质上之权利，固是可忧，然而不能导达其相互间之情感到一恰好的地位，尤属可悲。权利是对峙的，而情感则是交流的。惟其是对峙的，所以可保卫，也可夺取。惟其是交流的，所以当导达，又当融通。因而礼常是软性的，而法则常是硬性的。中国社会沉浸在此“尚礼”的风气中，一切讲交情，讲通融，像是缺乏力量。但弱者在其间，却多回旋转身之余地，因此一切可以滑溜前进，轻松转变。若在尚法的社会，遇到权利相冲突的当口，法律虽为保护权利而设，但既是双方权利相冲突了，保护了甲方，便不能同时保护到乙方。若乙方硬要维持乙方的权利，而不能乞援于法律，便只有要求法律之改制。法律操握在政府，若要改制法律，便只有推翻政府，来另创政府。因此尚法的社会，在其演进途程中，常不免有革命；尚礼的社会，则将无法革命，而亦不需革命。因此尚法的社会常易有剧变，而尚礼的社会，则无法来一个剧变，而且也不需要剧变。中国社会比较建立其基础在农业经济上，本不必有剧变，而且在大一统政府之下，剧变也是害多而利少。中国人宁愿软性的尚礼，不肯硬性的尚法，在这方面，不失为一种“忧深思远”。

本来政治最多是件次好的事。人类不能没有社会，但不一定不能没有政治。人类是为了有社会而始须有政治的，并不是为了有政治而始须有社会的。法律只是政治方面的事，更其是最多也不能超过次好的。若使能有一个操握得权力最少量的政府，能有一个政治居在最轻地位的社会，那岂不更合理想吗？是否更理想的社会，将是一个无政府的社会呢？此层姑勿深论。但中国的礼治思想，总像是朝着这一理想的方向而迈进。至少是想把政治融入进社会，不是把社会来统制于一政府。现在人痛恨中国政府无能，因而讨厌礼治而欢迎有法治。其实中国人提倡礼治，正是要政府无能，而多把责任寄放在社会。因此想把“风俗”来代替了法律，把“教育”来代替了治权，把“师长”来代替了官吏，把“情感”来代替了权益。

中国道家思想，迹近提倡“无政府”，因此他们不希冀成为一广土众民的大社会，而仅希冀停留在一小国寡民的小社会。他们反对法，同时也反对礼。他们不知道人类纵可以无政治，却不能无社会。于是道家既反对礼治，而到底取消不了那政府，则反而要转到法治的路上去。因而在中国，道家思想常与法家思想互为因果，道家反礼治的思想盛行之后，必然法家继起。所以司马迁要说“申韩源于老庄，而老庄深远矣”。此为道家与法家之辨。

西方輓近的无政府主义者，常易与共产主义结不解缘，克鲁泡特金即其一例。若果共产主义而定要在法治主义的圈子里进行，则必提倡阶级斗争，必提倡无产阶级武装起来夺得政权。由无产阶级来立法造法。但若果真到达了理想的共产社会了，那时谁也不需要保护他自己的产业权益，谁也不需要夺取别人的产业权益。至是则法律的最大效用便不存在，政府根本不需有法律，则岂不便可无政府？

然而人类纵可以无政府，到底不能无社会。而有社会，就不能无礼治。所以儒家究竟是更深远于道家了。克鲁泡特金比中国道家高明处，正在其能明白提出人类可以无政府，而同时不能无社会。中国儒家比克鲁泡特金高明处，在其能在社会上安装着一套礼治精神。从礼治精神切实做去，应可由有政府转移到无政府。而今天西方人所想象追求的社会主义与共产主义，也应可以包括在内了。这正是《小戴记·礼运篇》里所揭举的“大同世界”之理想所追求的。

（此文作于民国三十七年春，刊于一九五九年七月《人生杂志》十八卷四期。）

一四　匆忙与闲暇

顾亭林《日知录》曾引用《论语》里两则话说，“饱食终日，无所用心”，是当时北方人易犯的病。而“群居终日，言不及义”，则是当时南方人易犯的病。其实此二病乃一病。正因为饱食终日无所用心，才至于群居终日言不及义。若使生活艰难，饱食不易，哪有闲工夫群居终日，言不及义呢？大抵此两种病弥漫中国古今南北，并不从晚明始有。至少在宋以下的中国，更显然地曝著了。那是一种农村社会所最易犯的病，尤其在农村社会的小地主阶层更易犯着。

张横渠尝说：

> 世学不讲，男女从幼便骄惰坏了。

这里“惰”字却是中国人之真病。惰了便骄，骄即惰之外相，亦是惰之内情。其所以惰者，则由其生活闲散，不紧张，不迫切。横渠是关中人，关中地区，在北宋时生活尚较艰，但横渠已如此说。关中以外的地区更可想见了。

朱子曾说：

> 内无空寂之诱，外无功利之贪。

试问如何能不贪功利，岂不先得要生事易足？但生事易足，便易为空寂所诱。朱子所说的诱人空寂，乃指佛教言。佛教思想来自印度，正因为印度人生活更较中国轻易，才爱走向空寂的路去。目下西方人的功利观点远较中国人为强烈而认真，则因西方生事更较中国艰难。

功利是纯现实的，而空寂则是纯理想的。功利是纯物质的，而空寂则是纯精神的。因此想到中国古代的儒家思想，标榜着一种“中和”态度的人生哲学，显然是由中国北方农村经济下产生。他们不酰空寂，但也不着功利，儒家的中和态度是“笃实”的。墨家在当时，大概他们的出身较儒家是更艰苦些，因而他们笃实的意味也较儒家更浓厚了。由笃实而走上艰苦的路，便不免有些像贪功利。当时中国北方农村需要笃实，却不必定太需要艰苦，因此墨家思想终因其太接近计较功利，而没有儒家般易受人欢迎。道家则较闲散，但又折向空寂了。只有儒家在不太紧张，又不太闲散之中道上，这是中国思想之正脉。

两汉儒生，都从半耕半读的北方农村中产出，他们不算太艰苦，但也不能太闲散，总仍还是要笃实。董仲舒曾说：

> 明其道不谋其利，正其谊不计其功。

他们不能不担着实际生活的担子，但那担子压得不太重、不紧张，还有一部分闲散工夫，可以让他们来求“正谊明道”。所以他们能不空寂，又不肯汲汲去谋利计功，而确然成其为儒家态度。到东汉以下，门第逐渐成长。半耕半读的儒生，渐渐在大门第之养尊处优之生活中转变而为名士清谈。那时则老庄道士占了上风，又染上了空寂的味儿。

佛教在那时传入，正投中国人当时所好。但南北佛教风气不同，北方佛教比较在社会下层生根，因此也比较笃实。南方佛教则寄托在门第士大夫间，尚玄想，尚清谈。若说空寂，则南方佛教更空寂，后来天台、禅宗都盛行在南方。南方气候温暖，地面也狭小了，水土肥沃，生事更轻松，小家庭制也开始在南方蔓延。人事牵掣，亦较北方轻减。下及唐代，一辈士大夫，论其家世，比较还是北方传统占优势。北方农村比较南方笃实，大家庭制亦先在北方生长。门第力量还在，每一个人（此指士大夫言）至少都还有家庭重负。因此唐代佛学虽盛，而却重事功。下到宋代，中国一切文化学术重心，逐渐南迁。门第破坏了，小家庭制普遍了，士大夫一得科第，衣租食税，生事易足，生活担子更轻松，人事更宽弛，心地上觉得一切闲散不紧张，禅宗思想流进儒学，便成为宋明之理学家。

理学家说“敬”说“静”，总是在小家庭里个人生活无忧无迫，遂能欣赏到这一种生活。朱子说：

> 敬有甚事，只如畏字相似，不是块然兀坐，耳无闻，目无见，全不省事之谓。只收敛身心，整齐纯一，不恁地放纵，便是敬。

其实敬也等如没事了。只要你在没事时莫放纵、莫惰、莫骄。莫惰了，又没事，便成了宋儒心中所认识的所谓“敬”的体段。陆象山常教人收拾精神，总因在散闲生活中精神易散漫、易放纵，故而要你收拾，这些全是在比较轻松无事中才讲求。宋儒亦讲明道正谊，但实在是个人身上的意味重了，并不像先秦儒家般，常从国家社会大处着眼。先秦儒讲的“义”与“道”，常指的政治性、社会性的，个人日常生活的意味比较淡。因此宋儒好譬如儒家中的出家人。他们不是崇信佛教的僧徒，但可说他们是崇信孔子的僧徒。他们不是慕效老庄的道士，而只是慕效孔孟的道士。

宋明理学家不喜欢佛教，也不喜欢老庄，但那时是南方士大夫为主体的时代了，虽则他们极力想象追求古代中国北方农村的一种朴笃精神，而终于要走样。他们常爱说眼前日用，却实在闲散没事。因此他们爱说孟子“必有事焉”，一面便连带说《中庸》“鸢飞鱼跃活泼泼地”。可见他们的那些事，还只是云淡风轻，寻花傍柳，窗前草不除，在闲中欣赏雏鸡，观盆鱼，乃至静听驴子叫之类。好言之，可说是一种淡宕的艺术人生。恶言之，还是饱食终日，无所用心，所以用心到这些上面来。阳明教人也说必有事焉，切莫空锅煮饭。其实正因闲着没事，故而时时想到必须有事。真使你生事忙迫，哪有闲工夫说必有事焉呢？然则宋明理学家正已在空锅煮饭了。到底他们也不免要带几分空寂味儿吧。我们纵不说他们也犯了骄惰之病，但“劳谦”之德总是视古有愧了。

明末北方社会在生事十分难窘的状态下产出了一个颜习斋。但清代康雍升平以后，南方人又操着学术思想之霸权，当时江浙人的生活，在像扬州苏州那种环境里，哪能接受颜习斋的思想呢？而且习斋晚年生活，也就在“习敬”“习静”中安度了。西方文明，一开始便在希腊雅典等商业小城市里发展，根本和中国古代北方农村的闲散意味不同。近代欧洲，至少从文艺复兴以下，生活一天忙迫似一天，一天紧张似一天，直到如今，五六百年来紧张忙迫得喘不过气来了。他们中古时期在教堂里的一些儿空寂气味，现在是全散失了，满脑满肠只是功利。彼中哲人如英国罗素之流，生长在此忙迫生活中，讨厌功利鞭子，不免要欣赏到中国。然中国文化之弱点则正在此。从鸦片战争五口通商直到今天，全国农村逐步破产，闲散生活再也维持不来了，再不能不向功利上认真，中国人正在开始正式学忙迫，学紧张，学崇拜功利，然而忙迫紧张又哪里是生活的正轨呢？功利也并非人生之终极理想，到底值不得崇拜，而且中国人在以往长时期的闲散生活中，实在亦有许多宝贵而可爱的经验，还常使我们回忆与流连。这正是中国人，尤其是懂得生活趣味的中国人今天的大苦处。

（此文作于民国三十七年春，刊于一九五九年七月《人生杂志》十八卷四期。）

一五　科学与人生

科学头脑，冷静，纯理智的求真，这是现代一般智识分子惯叫的口头禅。然而整个世界根本上就不是冷静的，又不是纯理智的。整个人生亦不是冷静的，亦不是纯理智的。若说科学只是冷静与纯理智，则整个世界以及整个人生就根本不是科学的。试问你把科学的头脑，冷静，纯理智的姿态，如何能把握到这整个世界以及整个人生之真相？

张目而视，倾耳而听，如何是真的色，如何是真的声？视听根本便是一个动，根本便带有热的血，根本便参杂有一番情绪，一番欲望。不经过你的耳听目视，何处来有真的声和真的色？因此所谓真的声和真的色，实际都已参进了人的热的血，莫不附带着人之情和欲。科学根本应该也是人生的，科学真理不能逃出人生真理之外。若把人生的热和血冷静下来，把人生的情和欲洗净了，消散了，来探求所谓科学真理，那些科学真理对人生有好处，至少也得有坏处，有利也须有弊。

人体解剖，据说是科学家寻求对于人体知识所必要的手续。然而人体是血和肉组成的一架活机构，血冷下了，肉割除了，活的机构变成了死的，只在尸体上去寻求对于活人的智识，试问此种智识真乎不真？面对着一个活泼泼的生人，决不能让你头脑冷静，决不能让你纯理智。当你走进解剖室，在你面前的，是赫然的一个尸体，你那时头脑是冷静了，你在纯理智的对待他。但你莫忘却，人生不是行尸走肉。家庭乃至任何团体，人生的场合，不是尸体陈列所。若你真要把走进解剖室的那一种头脑和心情来走进你的家庭和任何人群团体，你将永不得人生之真相。从人体解剖得来的一番智识，或许对某几种生理病态有用，但病态不就是生机。你那种走进人体解剖室的训练和习惯，却对整个人生，活泼泼的人生应用不上。

先把活的当死的看，待你看惯了死的，回头再来看活的，这里面有许多危险，你该慎防。解剖术在中国医学史上，也曾屡次应用过，但屡次遭人非难，据说在西方历史上亦然。这并不是说解剖死人的尸体，得不到对活人的身体上之某几部分的智识。大抵在反对者的心里，只怕养成了你把活人当死人看的那种心理习惯。那就是冷静，纯理智，和科学头脑。反对者的借口，总说是不人道。不错，冷静，纯理智，便是不人道。人道是热和血之动，是情与欲之交流，哪能冷静，哪能纯理智？若科学非得冷静与纯理智，那科学便是不人道。把不人道的科学所得来的智识，应用到人生方面，这一层不得不格外留神。

科学家所要求的，在自己要头脑冷静，要纯理智，在外面又要一个特定的场合，要事态单纯而能无穷反复。那样才好让他来求真。但整个世界，整个人生，根本就不单纯，根本就变动不居，与日俱新，事态一去不复来，绝不能老在一个状态上反复无穷。因此说世界与人生根本就不科学，至少有一部分不科学，而且这一部分，正是重要的一部分。让我们用人为的方法，把外面复杂的事态在特设的场合下单纯起来，再强制的叫他反复无穷，如此好让我们得着一些我们所要的知识。然而这真是一些而已。你若认此一些当作全部，你若认为外面的世界和人生，真如你的实验室里的一切，也一样地单纯，也一样地可以反复无穷，科学知识是有用的，然而你那种心智习惯却甚有害。而且你所得的知识的用处，将抵偿不过你所养成的心智习惯的害处来得更深更大。

原来科学家本就把他自身也关闭在一个特定的场合下的，他把他自身从整个世界整个人生中抽出，因此能头脑冷静，能用纯理智的心情来对某些单纯的事态作无穷反复的研寻。他们所得来的知识，未尝不可在整个世界与整个人生中的某几处应用，让我们依然把这些科学家在特定的场合中封闭，研究人体解剖的医生，依然封闭在解剖室里，整个医学上用得到解剖人体所得来的知识，但我们不要一个纯解剖的医学。人生中用得到科学，但我们不能要一个纯科学的人生。科学只是寻求知识的一条路、一种方法。我们用得到科学知识，但我们不能要纯科学的知识。否则我们须将科学态度和科学方法大大地解放，是否能在科学中也放进“热和血之动”，在科学中也渗入“人之情感与欲望”，让科学走进人生广大而复杂的场面，一往不复的与日俱新的一切事态，也成为科学研究之对象呢？这应该是此下人类寻求知识一个新对象，一种新努力。

前一种科学，我们称他为“自然科学”，后一种科学，则将是“人文科学”了。近代西方科学是从自然科学出发的，我们渴盼有一种新的人文科学兴起。人文和自然不能分离，但也不能用自然来吞灭了人文。人文要从自然中出头，要运用自然来创建人文。我们要有复杂的变动的热情的人生科学，来运用那些单纯的静定的纯理智的非人生的自然科学。

（此文作于民国三十七年春，刊于一九五九年七月《人生杂志》十八卷五期。）

一六　我与他

理想的“我”，应该放在人人心目中，无不发现有一个“他”，而同时又无不发现有一个“你”。这话如何说呢？

据说现世界的人类，约莫有二十万万之多。你在此二十万万人中，只占了二十万万分之一。而且自有人类以至今日，据说至少也有五十万万年。你的生命，若以百岁计，也只占了五千万分之一。而且此后人类的生命还是无穷无尽，那你在此无穷无尽的人生中间，所占的分量，若说是沧海一粟，岂不太夸大了吗？则试问在此若大沧海中，投进你这渺小之一粟，究竟价值何在？意义何在？然而这却不关紧要。人生总是这样一个人生。人生有一个“大同”，同此五官四肢，同此视听食息，同此生老病死。在五十万万年以前，直到五十万万年以后，在此二十万万人之内，推到二十万万人之外，若你略其异而观其同，你既把握到此七尺之躯的五官四肢，你既尝味到此百年间的视听食息和生老病死，你当知天下老鸦一般黑，岂不反正相差无几？你见到了一个圆，不必定要看尽天下万世之圆，圆总之只是这样一个圆。你既见到了一个方，不必再定要看遍天下万世之方，方总只是这样一个方。所以你莫嫌渺小，莫恨短促，你只要活得像个“人样子”，你便是无穷无尽人生一榜样。长宙广宇，往古来今，只要是一人，总跳不出你的规模，离不了你的格局。若使把你的一生放在人人眼里，放在人人心中，人人觉得你也如他一般。回过来说，便是他如你一般，你也该够无遗恨了。所以说要放在人人心目中，无不发现有个他。

但这里却有一个问题。傥使在此长宙广宇，往古来今，五十万万年，二十万万人，全是一色一样，同此五官四肢，同此生老病死，同此视听食息，同此喜怒哀乐，同此圆规方矩，则试问又何必定要多你一个呢？当知我之所以可贵，一面在能与人“大同”，另一面却在能与人“小异”。在此长宙广宇往古来今无穷无尽的人生中间，当知只许有一个我，不许再有第二个我。也只能有一个我，不能再有第二个我，如此“我”才可贵。我只是我，不能又是他。若你又就是他，他已有了一个他，不希罕再有一个你的他。因此你若放在他之眼里，放在他之心中，应该使他觉到你有些处确实不是他，在他身上缺了你，他才觉得你之可贵。在他身上有着你，他才觉得你之可爱，所以你应该像他，同时又该不像他，这始是你之有意义处，始是你之有价值处。

因此说，理想的我，应该放在人人心目中，无不发现有他，而同时又无不发现有你。

其实人生本来是这样，人人与人相同，人人与人相异。谁也不能与众不同，谁也不能与众全同；谁也不能与众不异，谁也不能与众全异。长宙广宇，往古来今，无穷无尽的人生，本来就是这样了，哪值得大惊小怪把此来作宣传，作描写呢？然而人生之真价值、真意义却便在此。若使人生本来不如此，要人来大惊小怪地作宣传作描写，要人来刻意奉行，穷气竭力还恐做不到，那便决非人生真理了。强人所难，人又谁肯来接受你那一套宣传？承认你那一套描写呢？

让我们把此问题缩小，只就一个人的生命来讲。我一天的生命，便是一天的我。理想的一天的我，应该和天天的我有其同一处，同时又有其相异处。前者表示其人格之坚强与鲜明，后者表示其生命之活泼与动进。中国古语有云："昨日种种譬如昨日死，今日种种譬如今日生。"此事不可能，而且也要不得。死却一部分，又新生一部分，同时也还保留一部分，这才是人生之正轨。其实这也是人人生命之共有状态，人人本来就如此。惟其人人本来就如此，所以可以把来做人人生活的标准与理想。

孔子、释迦和耶稣，他们人格的伟大处，也只在人人中间都有他，而又人人中间都没有他。他们的日常生活，他们的全生命之内心历程，也只是永是那样，而又永不是那样。

一切的一切，都该作如是观。

（此文作于民国三十七年春，刊于一九五九年七月《人生杂志》十八卷五期。）

一七　神与圣

人的生活，总要不满意他的现实，总要超出他的现实而别有所想望。因此便不免要不满他自己。人和人的现实，大体相差不甚远，不满他自己，同时便就要不满意别人。不满意自己，又不满意别人，那便同时不满意到人类的全体了。不满意人类的全体，但同时又跳不出人类的全体，而别有所想望，于是遂有所谓“神”与“圣”者出现在人们的心里。神与圣只是一种超人的思想，而同时又是一种不离人生的想望。神与圣皆是“超人生而不离人生”者。但中间也有别。神是非人间的；圣则是人间的。神是超人间而投入于人间的；圣是人间的而又是超出于人间的。换言之，就人而言，神应该是非自身的、超越的、绝对的；圣则是内在的、相对的、即自身而存在的。在人生中间确曾有过圣，但亦确没有过神。神是纯想象、纯理论的；而圣则是经验的、实际的。纵然其间多少也有些人类的想象参加了。但神是在纯想象的底子上而涂抹上人生的实际经验；圣则是在人生实际经验上而涂抹上些想象。因此，圣与神，也可说是“分数”上的不同，同时也可说是“性质”上的不同。有些人想象人神合一，有些人想象人皆可以为尧舜，人人皆可成佛。圣人与我同类，即身即佛，是崇圣者的理论。中国人容易接受佛教，这也是一个因缘吧！

神应该是全体主义的，而圣则是人本主义的。中国人常说，“万物一太极，物物一太极”。圣即是物物一太极，在物物一太极之上，而建立起一个万物一太极来。这是由人而上通于天的。物物一太极，这个太极也是可以成为现实的。神则是要求万物没入一太极中，而万物尽失其存在，而其实这一个太极，由人本主义者看来，也不免要成为一个虚无的。主张泛神论者，可说把万物一太极降入万物之中，而成物物一太极了。如是则木石瓦砾、粪秽臭腐，莫非神圣，如是则神虽是绝对的，而泛神论者反而视神为平等的了。圣虽是相对的，而崇圣论者却转而认为圣人与人之间有阶级了。

神造物，又造人，因此人与物在神之面前，应该是没有地位，没有权力的。圣则是由人自做而成。人自己做成圣，无论性善论者性恶论者都如此般主张，所以说崇圣论者是人本主义的。崇圣论的终极主义，一定要说成“人皆可以为尧舜”，“人皆可以为禹”，“人人皆可成佛”，那时则是一个“圣世”了。但圣世与神国又不同，神国须把现世倒转到创造者那边去，圣世则即在现世上建造，依然是一现世。换言之，神国在天上，圣世在地下。神国在已往，圣世在将来。或者说神国在外，圣世在己。

神不仅创造了人类，而且创造了整个的宇宙。人类在神的面前，固是地位低微，而人在自然界中的地位，在尚神论者的意想中，也不见得特别伟大与重要。因此，尚神论者必然会注意到人类以外的世界与万物。所以自然神论泛神论等，都是尚神论的题中应有之义了。如是则神学一转身便走上了自然科学的路。圣则是由人类自身创造完成的，而且圣是在人类社会中而完成其为圣的地位的。圣和自然万物之关系疏，和人类自身的关系密。因此崇圣论者的目光，便不免要常常固滞在人文圈子的里面了。原始佛教，本来应是一个祈求出世的宗教，如是则依然面向着自然，依然不失其探讨自然的热忱。但佛教一到了中国，出世的意味转淡，台、贤、禅、净中的佛菩萨，便和中国社会的圣人益发接近了。眼光心血转向到人圈子里来，中国高僧们的终极想望，其实只不过要做一个中国化的西方圣人，即是一个寄迹于人圈子里而闪身在人事外面的新圣人。这便成为佛教之中国化。道家非圣无神，他们则在想做一出世的仙人。仙人只想跳出人世间，但并不想跳出自然界。似乎在中国人的想象中，自然界之外，或自然界之上，好像再没有别一世界了，好像再没有别一种东西像神之存在了。因此中国社会一向所崇奉之神，其实仍是由人类转变为神的。中国人心中所想象之神和仙，其实也都还是人呀！

这里要说到神秘主义，此在东西双方，也各有不同。东方的神秘主义特别在其“观心法”，使己心沉潜而直达于绝对之域，把“小我”的心象“泯失”去了，好让宇宙万有平等入己心中来。西方神秘主义则不同，他们要把全能无限的神作为对象，舍弃自己人格，而求神惠降临，摄己归神，进入于无限，此乃双方之不同。因此东方神秘主义不过扩大了一己的心灵，泯弃小我，而仍在此人世界之内。西方神秘主义则转入到整个世界以外之另一界。换言之，东方神秘主义乃是依于自力而完成其为一“圣者”，西方神秘主义，则是依于外力而获得了“神性”。

由此言之，“尚神论”者认为这一世界之上或外另有一世界，“崇圣论”者则认为只有这一个世界了。故自尚神论之演变而有哲学上之“本体论”，崇圣论者则至多只讲此世界有理性之“存在”，然此理性仍与西方人所想象之本体不同。总之，尚神论者目光兴趣偏重在人类以外之自然界，而尤富于超现实的“理想精神”。崇圣论者，则以人文为本位，而讲社会“现实主义”。在西方神学弥漫的思想界，直要到孔德提倡人道教，以及此后的现实哲学，才算渐渐有些处接近了东方精神。

（此文作于民国三十七年春，刊于一九五九年八月《人生杂志》十八卷六期。）

一八　经验与思维

人生根本是一个对立，我以外不能没有非我之存在，“我”与“非我”便是一个对立。即就我而论，有生便有死，死与生又是一对立。若谓生者是我，则死了便不是我。若认死者为我，则生的又不是我，死与生即已是我与非我之对立，故有生死便有是非。“彼我”“生死”“是非”，是人生最基本的对立。《庄子·齐物论》已经指出。人的意见，总想在此对立上面寻出一个“统一”来。然而若超出此对立之外求统一，则此超出之统一，又与被超出之对立者成为对立。若深入此对立之里面求统一，则此深入之统一，又与被深入之对立者成为对立，这样则依然仍是一对立。

上帝和神，是超出此死生彼我而求统一的一个想法。据说一切由神造，一切回归于神，如是则“神”与“一切”对立。宗教转变成哲学，在一切现象之后面探究一本体。据说生死、彼我均属现象，现象后面还有一本体，如是则本体统一了现象，然“现象”与“本体”仍属对立。此两种对立，宗教的和哲学的，其实形异而神同，只如二五之与一十。

人类在语言与思想中发明了逻辑，最先也只是求在对立中寻统一的工具。如说“这是甲”，好像把这与甲统一了。然而此统一中，便显然有这与甲之对立。神与万物，本体和现象，亦只是这与甲之复杂繁变而已。与其说“这是甲”，不如说“这是这”。不要在“这”之外另寻一个“甲”来求与“这”统一，如此般寻求统一，无异在寻求对立。若真要避免对立，寻求统一，不如只在这之本身上求之。所以说这是甲，不如说这是这。与其说人生由神创造，不如说人生便是人生。与其说现象背后有本体，不如说现象便是现象。

然而“这是这”，依然还是一对立。前一这与后一这对立，依然不统一。若真要避免对立，寻求统一，则不如只说“这”，更不说这是什么。一切人生，一切现象，这、这、这、这，直下皆是，生也是这，死也是这，我也是这，非我也是这，是也是这，非也是这，一切对立，一切矛盾，只一“这”字，便尽归统一，尽归调停了。佛家称此曰“如”，道家称此曰“是”，又曰“然”。佛家说“如如不动”，道家说“因是已”，又说“万物尽然”。一切皆如，一切皆是，一切皆然。生与死对立，如只说如，或只说是，只说然，便不见有对立。然而在此上便着不得言语，容不得思维。若要言，只言这；若要思，只思这，这是唯一可能的统一。

然而这一个宇宙，只见这这、如如、是是、然然，便成为一点一点分离，一节一节切断了的宇宙。这一个这这、如如、是是、然然的人生，也是一个点点分离，节节切断的人生。人们在此宇宙中，过此人生，便只有突然顿然地跳跃，从生跳跃到死，从这一这跳跃到那一这。因为点点分离，节节切断了，这与这之中间似乎一些也没有连系，没有阶层次第了。所以虽像极静止，实在却是极跳动。但人生又哪耐得常如此突然顿然地跳动？形式逻辑本来是一种静止的逻辑。这这如如的逻辑，更是形式逻辑之彻底倒退。点点分离，节节切断，把宇宙人生的一些连系全解散了。但极度的静止之下禁不住一个大反动，却转成为极度的跳跃。这正犹如近代物理学，把一切物看像是静止的，分析又分析，到最后分析出最跳动最活跃的原子粒一般。

西方人的观点，“经验”见称是主观的，主观常易引起对立。“思维”见称是客观的，他们想把客观的思维来统一主观的经验。一切逻辑皆从思维中产生。但形式逻辑根本免不了对立，这已说过。黑格尔辨证法，见称为动的逻辑，一连串“正反合”的发展，其实仍还是一个“正反对立”。他的绝对的客观精神，仍不免和物质界现象界对立，这在上面也说过。东方人这这如如的观法，则是从经验倒退到纯经验直观的路上去，在此上把对立却真统一了。但又苦于太突兀，太跳动。博格森说的绵延与创造的所谓意识之流，其实则并非纯经验的直观，此二者间应该有其区别的。依博格森的理论，应该说在心之解放之下，始得有纯经验之直观。但在东方人看法，纯经验直观里，似乎不该有“记忆”，而博格森的所谓意识之流则不能没有记忆的，这是二者间区别之最要关键。再换言之，上述佛家道家这这如如的直观法，用博格森术语言之，应该是意识之流之倒转，而非意识之流之前进。应该是生命力之散弛，而非生命力之紧张。博格森要把纯经验的直观来把握生命之真实，其实仍是在深入一层看，仍逃不出上述所谓哲学上的对立之窠臼。因此博格森哲学，依然是一种对立的哲学，“生命”与“物质”对立，“向上流转”与“向下流转”对立，依然得不到统一。博格森认为只有哲学可以把握到真的实在之统一，其实依然摆脱不了西方哲学家之习见，遂陷入于西方哲学界同一的毛病。

现在说到中国的儒家。孟子说：

> 以仁存心，以礼存心。仁者爱人，有礼者敬人。爱人者人恒爱之，敬人者人恒敬之。

即此“爱敬之心”，则已融“人我”而一之。人我非对立，只是一爱敬。此乃是一亲实经验，而非思维。凡所思维，则在爱敬上思维。思其当如何爱，如何敬而止，不越出爱敬上，别有思维。如夫妇和合，父慈子孝，在我外与我对立之他，其实即吾心爱敬之所在。能爱敬与所爱敬，能所、主客、内外合一，体用无间，那才是真统一了。更何得视之为外在之一如、一是、一然。故此种经验不得只谓是一主体经验，因客体已兼融为一。即谓之是一客体经验，亦复不是，因主体亦同在此经验中，如此则爱敬即人生本体，非仅属现象，但亦不得谓是唯心论。因爱敬必兼事物言，离事物亦即无爱敬可言矣。

彼我如是，死生亦然。孔子曰：

> 祭神如神在，我不与祭，如不祭。

则祭之一事，仍是此心爱敬之表现。死生一体，仍只在吾心之爱敬上。故孔子又曰：

> 未知生，焉知死。

若离却此心之爱敬，又焉知死之为况乎。故孔子又曰：

> 慎终追远，民德归厚。

一切仍说在我此心之"德"上。而事物亦兼在其内矣。故此亦一经验，非思维。

思维属知，"有知无仁"，则为西方之哲学。否则亦如庄周释迦之所见，能知所知，终成对立。惟儒家"摄知归仁"，则无此病矣。故儒家不像西方神学家般超在外面看，也不像西方哲学家般深入里面看。儒家态度比较近于道、佛两家，所以共成其为东方系统。儒家无宁是偏倚经验，尤胜于偏倚思辨的。但道、佛两家要从经验退转到纯直观的阶段，以求主客对立之统一。儒家则从经验前进，通过思辨而到达客观经验之境地，以求主客对立之统一。其求统一虽一，其倚重主观之经验虽一，而其就常识经验之地位而一进一退，则互见不同。正为儒家加进了我心之爱敬一份“情感”在内，所以与道佛又不同了。

此处所谓客观经验，若再以博格森术语相比拟，则有似于其所谓之“纯粹绵延”。此一种纯粹绵延，乃是生命本体，或说意识大流，穿越过个体生命之意识流而存在者。惟这一观念，无疑是“思辨”超越了“经验”。所以成其为西方的哲学。而中国儒家则在心之长期绵延中，必兼涵有此心之情感部分，即前述我心之爱敬，此乃把情感亦兼涵在意识之内，而与西方人只言纯理性、纯思辨、纯知识之意识大流又不同。

今再浅白言之，若由纯知识的探讨，则“彼我”“死生”自成两体对立。加进了“情感”，则死生、彼我自然融会成为一体。实则此一体，非有情感，则无可经验。而兼有了情感，则自无主客之分了。又试问如博格森言记忆，使无情感，又何来记忆呢?

今再说及此种客观经验如何来统一许多主观经验之对立。在先秦儒道两家都用一“道”字，而佛教之华严宗则改用一“理”字，创为“理事无碍”之论来作说明。每一事就其事之本位，即每一事之主观性言，则与别一事为对立。就其事与事间之条理言，则事与事之对立消失而形成为一种统一。所以说“一理万事”。每一事是一经验，集合万事散殊之经验，而成一客观经验，便可经验到一理。所谓客观经验者，乃在此万事中抽出一共通条理而统一此万事。否则万事平铺散漫，势将转入这这如如之境，此则为一种纯经验。又否则必然超出于万事之上，或深入于万事之里，而另求统一，则为宗教与哲学。今则不超于万事之上，不入于万事之里，只就万事而在其本身上籀出其相互间之共通条理，认识其相与间之连系而统一之。故理不在事之上，亦不在事之后，乃只在事之中，只就于事之本身中寻统一，故为真统一，而非对立上之统一。

此后朱子即颇采华严宗言，而唱“理气同源”论。惟朱子言“性即理”也，性之内即包有情。又说：

> 仁者心之德，爱之理。

亦仍把此“理”字观念兼镕到内心“情感”上来，不失儒家之大传统。故其言《大学》“格物、致知”必以“吾心之全体大用与众物之表里精粗”并言。则试问哪有撇开情感而可“我心之全体大用”的呢？

故经验中必兼情感，而思维则只紧贴在情感上，此则惟中国儒家为能畅发其深义。故西方哲学思维都属“无情”的，即言其宗教信仰，生人之对于上帝似若有情，实亦无情，惟其思维信仰无情，故经验亦无情。道佛两家，道家属思维，佛家杂有信仰但亦多偏于无情。惟儒家则经验思维皆有情，故遂为中国文化之大宗。

至于儒家如何把握此原则，而在其内心上善用一番培养运使的实地功夫，则尤其在宋代理学家后更多采纳了道佛两家之经验，此处则不再详述了。

（此文作于民国三十七年春，刊于一九五九年八月《人生杂志》十八卷七期。）

一九　鬼与神

“鬼”是人心所同关切的，“神”是人心所同崇敬的。只要你一走进礼拜堂或其他神庙，你的崇敬之心，便油然而生。只要几个人聚在一起谈鬼，便无不心向往之，乐听不倦。但这世界上究竟有没有鬼神呢？据说鬼神是从前迷信时代的产物，现在科学时代，不该再有鬼神之存在了，这话也有理由。

远的我不能说，据我所知，在我们祖父乃至父亲们的时代，那时不还是一个迷信的时代吗？那时人心中却都确实认为有鬼神。这事情也很简单，那时多还是在农村经济下过生活，一个人穿着的衣服，尤其是男的长袍和女的袄子裙子，稍庄严稍华贵些的礼服之类，几乎是要穿着几十年乃至毕生以之的。那时的饮食也没有几多花样，一个人喜欢吃什么，终生只有这几味。家里使用的器具，如一张桌子，一张椅子，一个砚台，一柄长烟管，往往也一个人使用了一辈子。居住的房屋，一样地一辈子居住，卧室永远是那间卧室，书房永远是那间书房，早上走进书房，坐在这椅子上，吸着那柄长烟管；晚上走进那卧室，睡上那张床，几十年，一生，没有变动过。家人相聚，也是数十年如一日。邻里乡党，亲戚朋友，坟墓祠堂，一切一切，全如此。祖父死了，父亲接下，走进那间卧室，看见那张床，哪得不想到他父亲。他父亲阴魂不散，鬼便流连在那卧室，依附在那床上。跑进书房，看见那书桌、那椅子，又要想到他父亲，他父亲的鬼，又流连在那书房依附在那桌子椅子上。摸到那长烟管，用到那砚台，他父亲的阴魂又好像依附在那烟管和砚台上。春秋尝新，吃到他父亲生前爱吃的几样菜，他父亲的鬼又好像在那几样菜上会隐约地出现。有时还不免要把他父亲的衣服如长袍马褂之类，修改一下，自己穿上身，他父亲的鬼，便像时时依附在那长袍马褂之上，时时和自己亲接了。走进祠堂，或到坟墓边，或遇见他父亲生时常过从的亲戚，常流连的乡邻，他父亲的鬼总会随时随地出现。那时的人生，因为和外面世界的一切太亲昵了，而且外面的世界又是太宁定了。总之，儿子的世界，还是他父亲的世界，单单只在这世界里骤然少了他父亲一个人，于是便补上他父亲一个鬼，这是人类心理上极为自然的一件事。这好像并不是迷信，你若硬指他说是迷信，他会不承认。

说到他父亲生时的事业，或是做工匠的，他一生凝神尽智做这一样工。有时做得极得意，太精巧太入神了，他的毕生生命，好像便寄存在这几件工作上。或者他是一农人，那几块田地，一只耕牛，便是他的生命，他的鬼，有时便在那耕地和老牛身上出现。或是一个书生，他生前喜欢读的几本书，或是自己有一些著作，那都是毕生心血，喜爱所钟，哪有一死便了之理？他生前的享用还存在，他生前的创作也存在，那即是他的生命还存在。但他的人则确已过去了，于是有他的鬼来替他这个人。

到现在，世界变了，我们是生在科学时代，在工商经济极活跃极跳动的时代下生活。说到你所穿着，一年尽有换上几套的，从没有一件衣穿着了几十年乃至一辈子。说到饮食，我们口福太好，喜欢的也多了，说不出什么味是我的真爱好。说到器具，新式的替代老式的，时髦的换去不时髦的。川流不息，层出无穷。说到居住，今年在这里，明年在那里；今天在这里，说不定明天在那里，几千里之外，常常奔跑流转。你的儿子，从小便走进了学校，一样如你般向外奔跑，一样在几千里之外终年流转。便是夫与妻，也不一定老厮守在一块。而且社交频繁，女的认识的男的，男的认识的女的，也实在太多了。心神不定，夫的生命不尽在妻身上，妻的生命也不尽在夫身上。邻里乡党更不必说。亲戚朋友，一并淡漠。坟墓祠堂，现在人更顾不到了。试问你若一旦离此世界而去，你的心神在此世界里还留恋在哪些上面呢？你将茫然不知所对。你的阴魂早散了，叫别人在此世界的哪些处再记念到你呢？因此这边的人，不仅不会再遇见你的人，而且也不会再遇见你的鬼。

再说到你在此世界的事业，做工的在工厂里，这是集体的机械工作，哪一件东西是由你亲手而制成的，哪一件是你独出心裁，把你心和血凝结在上面而创造的？你那块田地，现在是机械耕种了，或已建筑起高楼大厦在上面。你若真有一个鬼，偷偷地回来一看，你将不认得你那块地，你也将感到索然寡味。你生前所爱好的几本书，据说现在已归入古纸堆中，没有人理会了。而且你在生前，所浏览涉猎的实在也太多，你自己也模糊了，说不出哪几本书真是你所爱好、所潜心。不待到你死，你也早把它们遗忘了。论到你的思想，时代变迁，早已落伍了。你的著作，也早给人遗忘了。你若再是这世的人，你亦将对你那世的一切，爽然若失，不感兴味了，再也提不起你的记忆来。因此你的鬼，再也不能在此上依附寄托而发出感人的灵光。世界一切在变，变得紧张，变得混乱。别人的挤开了你的，你也挤开了别人的。今天的挤开了昨天的，明天的又挤开了今天的。如此般挤，每一个人在此世界上，全挤得游离飘荡。当你生时，早已挤得站不住脚跟，像游魂一般。当你死后，你如何再立得住脚，在此世界上再留下你一个鬼影子来呢。从今以后，怕只有冤气一口的厉鬼恶鬼，还能偶而显现吧！

鬼的事权且搁下不说，让我们再说到神。神是鬼中间更生动有威灵的。这世界太沉滞，太宁定了，因此我们要有神来兴奋，来鼓舞，来威灵生动。现在的世界日新月异，无一刻不兴奋，无一刻不生动。腾云驾雾，上天下地，以前一切想望于神的事，现在人都自己来担当，来实干。神在这时代，也只有躲身一旁，自谢不敏了。

这是不错的，科学打破了我们的迷信，但科学也已赶走了我们一些大家关切大家崇敬的东西了。

（此文作于民国三十七年春，刊于一九五九年九月《人生杂志》十八卷八期。）

二〇　乡村与城市

就有文字记载的历史中之人生而论，大体说来，似乎人常从自然走向文化，从孤独走向大群，从安定走向活动。自然、孤独与安定，如木之根，水之源。文化、大群与活动，如木之枝，水之流。若文化远离了自然，则此文化必渐趋枯萎。若大群泯失了孤独，此大群必渐成空洞。若活动损害了安定，此活动也必渐感怠倦，而终于不可久。

乡村是代表着自然、孤独与安定的，而城市则是代表着文化、大群与活动。乡村中人无不羡慕城市，乡村也无不逐渐地要城市化。人生无不想摆脱自然，创建文化，无不想把自己的孤独投进大群，无不想在安定中寻求活动。但这里有一限度，正如树木无不想从根向上长，水无不想从源向前流。但若拔了根，倾了源，则枝亦萎了，流亦竭了。没有自然，哪来文化？没有个人，哪来群众？没有安定，哪来活动呢？人的心力体力，一切智慧情感，意志气魄，无不从自然中汲取，从孤独而安定中成长。人类挟着这些心力、体力、智慧、情感、意志、气魄，才能创建出都市，在大群中活动，来创造出文化，而不断上进，不断向前。但使城市太与自然隔绝了，长在城市居住的人，他们的心力体力也不免会逐渐衰颓。人在大群中，易受感染模仿，学时髦，却湮没他的个性。职业不安定，乃至居处不安定，在活动中会逐渐感到匆忙、敷衍、勉强、不得已。因此精力不支，鼓不起兴趣，于是再向外面求刺激，寻找兴奋资料，乃至于神经过敏，心理失常，种种文化病，皆从违离自然，得不到孤独与安定而起。

一个乡里人走向城市，他带着一身的心力体力，怀抱着满腔的热忱与血气，运用他的智慧情感意志气魄来奋斗，来创造。他能忍耐，能应付。他的生活是紧张的、进取的，同时却也是来消散精力的。一个城里人走向乡村，他只觉得轻松解放，要休息，要遗忘。他的生活是退婴的，逃避的。他暂时感到在那里可以不再需要智慧，不再需要情感，不再需要意志与气魄。他也不再要紧张、奋斗与忍耐。然而他却是来养息精力的。在他那孤独与安定中，重与大自然亲接，他将渐渐恢复他的心力体心，好回头再入城市。

人类断断不能没有文化，没有都市，没有大群集合的种种活动。但人类更不能没有的，却不是这些，而是自然、乡村、孤独与安定。人类最理想的生命，是从大自然中创造文化，从乡村里建设都市，从孤独中集成大群，从安定中寻出活动。若在已成熟的文化，已繁华的都市，已热闹的大群，已定形的活动中讨生活，那只是挣扎。觅享用，那只是堕退。问前途，也恐只有毁灭。想补救，只有重返自然，再回到乡村，在孤独的安定中另求生机，重谋出路。

因此人类文化之最大危机，莫过于城市僵化，与群体活动之僵化。城市僵化了，群体活动僵化了，再求文化之新生，则必在彻底崩溃中求得之，此乃人类文化一种莫大之损失。大都市易于使城市僵化。严格的法治主义易于使群体僵化。近代“托拉斯”企业，资本势力之无限集中，与夫机械工业之无限进展，易于使工商业生产种种活动之僵化。此乃近代文化之大殷忧。百万人以上喧嚣混杂的大都市，使人再也感不到孤独的情味，再也经验不到安定的生活。在资本主义绝对猖獗之企业组织中，人人尽是一雇员，再也没有个性自由。而又兼之以机械的尽量利用，每一雇员，同时以做机械的奴隶之身份而从事，更没有个性自由之余地。个性窒息，必使群体空乏。在个性未全窒息，各自奔竞着找出路，麇聚到几百万人以上的大都市中，在严格法治与科学的大组合，以及机械的无人情的使用中，人与人相互间，必然会引生出种种冲突来。现世界的不安，其症结便在此。

譬如一个武士，用全副重铠披戴起来，他势必找一敌人来决斗一番，否则便将此全副披戴脱卸，再否则他将感得坐立不安，食不知味，寝不入梦，老披戴着这一副武装，势必病狂而死。目前的世界，几乎对外尽在找敌人厮杀，对内又尽在努力求脱卸此一身重铠，同时亦尽在坐立不宁寝食不遑的心情中走向病狂之路。但我们须知，正因其是一武士，所以能披戴上这一副重铠。并不是披戴上了这一副重铠，而遂始成其为武士的。

而没有披戴上这一副重铠的人，却因于惧怕那武士之威力，而急求也同样寻一副重铠披戴上，而他本身又是一羸夫，则其坐立不宁寝食不遑将更甚。其走向病狂之路将更速。若使遇到一敌人厮杀，其仍归于同一的死亡绝命，也就不问可知了。

人类从自然中产出文化来，本来就具有和自然反抗决斗的姿态。然而文化终必亲依自然，回向自然。否则文化若与自然隔绝太甚，终必受自然之膺惩，为自然所毁灭。近代世界密集的大都市，严格的法治精神，极端的资本主义，无论其为个人自由的，抑或阶级斗争的，乃至高度机械工业，正犹如武士身上的重铠，这一个负担，终将逼得向人类自身求决战，终将逼得不胜负担而脱卸。更可怜的，则是那些羸夫而亦披戴上这一副不胜其重的铠胄，那便是当前几许科学落后民族所遭的苦难。这正犹如乡里人没有走进城市去历练与奋斗，而徒然学得了城市人的奢侈与狡猾。

乡里人终需走进都市，城市人终需回归乡村。科学落后的民族，如何习得科学，建设新都市，投入大群体而活动。城市人如何调整科学发展过度的种种毛病，使僵化了的城市，僵化了的群体生活，依然回过头来重亲自然，还使人享受些孤独与安定的情味。这是现代人所面遇的两大问题。而其求解决困难的方法与途径各不同。这里需要各自的智慧，各自的聪明，谁也不该学步谁，谁也不须欣羡谁。

（此文作于民国三十七年春，刊于一九五九年九月《人生杂志》十八卷八期。）

二一 人生与知觉

人生最真切的，莫过于每一个人自己内心的“知觉”。知觉开始，便是生命开始。知觉存在，便是生命存在。知觉终了，便是生命终了。让我们即根据每一个人内心的知觉，来评判衡量人生之种种意义与价值，这应该是一件极合理的事。

请先就物质生活说起。所谓物质生活者，乃指衣、食、住、行等而言，这些只是吾人基层最低级的生活，他在全部生活中，有其反面消极的价值。但人生继此以往，尚大有事在，不能就此认为是人生积极的正面。维持了肉体的生活，才始有人生，然不能说人生只在维持肉体的生存。

试先就饮食言，饮食尤其是物质生活肉体生活中最低下的一种，虽说是最基本的，然而并不是最有意义的。没有饮食，便不能有一切的生活，然而饮食包括不尽人生之全部，而且也接触不到人生之高处。何以故？因味觉是人心知觉中最低下的一种。味觉没有深度，喝菜汤和喝鸡汤，并没有很大的区别。

每一个人喝着鸡汤，所得感觉，亦大体相同。不能说你喝鸡汤的味觉较之别人更高明，更优美些，更有意义，或更有价值些。而且味觉不仅没有深度，反而有递进递减之致。喝一口是那样味，喝两口三口还是那样味，而且反而会一口不如一口，越多喝将感其越平淡，渐降而至于厌了没有味。而且味觉又不能保留，喝过吃过便完了，饱即餍，饿又馋，当时不想喝，过了些时又想喝，再喝又还是那种味，并没有每进愈佳之感，永远使你不满足，又永远要叫你感到乏味。若使人生真为饮食而来，每一个人，只要挑选最精美的盛馔，饱餐一顿，从此死去也可无憾。何以故？因味觉永远只是那般。而且别人尝到了，我和你也尽可不再尝。何以故？还是那一般味。古人说，食色性也，若专就男女性生活中之触觉而言，则其内心所感知的，也就和上述的味觉差不多。因此食色虽是人生中最基本的项目，却并非高贵有意义的项目。

现在再说衣服，衣服在物质生活上的功效，只是保持体温而止，此上再加一些轻软之感便完了。继此以往，不再有什么了。若人生专为衣着，则你试挑一身舒适的衣装穿上身，一度感到他的轻软温暖便够了，再没有可以使你更进求之的了。一切的衣着，最了不得，在你皮肤的触觉上，永远是那般。至于你穿着盛装出外交际，赴人宴会，那时你内心所感觉的，不尽在饱暖上，那已超出了肉体生活物质生活之外，自然又当别论。住与行，依此推知，不再说。

人生在消极的反面的物质生活之上，犹有正面的积极的精神生活。试先言艺术的生活，亦可说是爱美的生活。当人类文化浅演之时，在其于肉体生活消极方面稍得满足，便会闯进爱美的人生。我们发现初民的洞壁上往往有精致优美的图画，他们遇见风月佳景，也会在洞外舞唱。不用说，这些都是爱美人生之初现。即就一婴孩言，当他喝饱了奶，安稳地睡在摇篮里，有光明的线条射到他的眼帘，或是和柔的声浪鼓荡他的耳膜，他内心也会发生一种生命的欣喜。渐渐大了，长成了，一切游戏、歌唱、跳舞，活泼泼地，这不是一种艺术的人生吗？所以艺术人生也是与生俱来的。然而这种人生，却能领导你投入深处。一个名厨，烹调了一味菜，不至于使你不能尝。一幅名画，一支名曲，却有时能使人莫名其妙地欣赏不到他的好处。他可以另有一天地，另有一境界，鼓舞你的精神，诱导你的心灵，愈走愈深入，愈升愈超卓，你的心神不能领会到这里，这是你生命之一种缺陷。人类在谋生之上应该有一种爱美的生活，否则只算是他生命之夭折。

其次说到科学人生，也可说是求知的人生，此亦与生俱来。初民社会，没有知道用火，但渐渐地发明了用火。没有知道运用器械，但渐渐地发明了各种器械。由石器、铜器、铁器而渐渐达于运用电、运用原子能。这一连串的进步，莫非是人生求知的进步，即是科学的进步。就初生婴孩言，他只遇到外面新奇的事物，他也早知道张眼伸手，来观察、来玩弄，反复地，甚至于破坏地来对付它，这些都是科学人生求知人生之初现。你具备着一副爱美的心情，你将无所往而不见有美。你具备着一副求知的心情，你将无所往而不遇有知。纵使你有所不知，你也能知道你之不知，这也已是一种知了。所以爱美求知，人人皆能。然而美与知的深度，一样其深无底，将使你永远达不到他的终极之点。人生在此上才可千千万万年不厌不倦无穷无尽不息不已地前进。

然而有一点须得交代清楚，艺术与科学，乃由人类“爱美”与“求知”的心灵所发掘、所创造，但及其经过了一番发掘创造之后，而具体化了，却仍然要落在“物质”上。在平浅的心灵上映照出来则依然平浅，依然成为一种物质生活内的事。石像雕刻，则只是用石块来雕刻一人形。一幅画只是在纸上涂些颜色，成一些形像。一只歌曲，则只是一片声音，连续的高下快慢，如是而已。今天大家在震惊夸耀着科学的成就，其实电灯只是在黑夜能照见，哪有什么了不得。有时坐在电灯下，还不如坐在月光下。有时坐在月光下，还不如坐在黑处。在电灯光下做事的人，并不比在油灯光下做事的人高明些。正犹如吃鸡汤长大的，并不比吃菜汤长大的高明些。正因为这些只是物质生活边的事，一切物质生活全没有多大深度，因此影响于全部人生的，也并不深刻。乘飞机，凌空而去，只是快了些，并不见得坐飞机的人，在其内心深处，便会发出多大变化来。若就内心生起深微的刺激而言，有时坐飞机不如坐帆船或骡车，有时更不如步行。

明白言之，发明飞机，发明电灯，那种求知心灵的进展是可惊叹、可夸耀的，至于坐飞机与用电灯，则依然是一种物质生活，依然平浅，没有多大的深度，正犹如你吃着丰美的盛馔，穿着华丽的服装，同样不能提高你的生活价值。

换言之，科学家只在人类求知心灵之进展上与人的贡献大，若其在物质生活之享受上的贡献则并不算得大。因凡属物质生活之享受总是平浅，并不能对此有更深更高之贡献。再换言之，若使一个人毕生没有坐飞机，用电灯，也不能算是人生一种缺陷。若使其人终身囿于物质生活中，没有启示透发其爱美的求知的内心深处。一种无底止的向前追求，则实是人生一最大缺陷而无可补偿。人生只有在“心灵”中进展，绝不仅在物质上涂饰。

再次说到文学人生。艺术人生是爱美的，科学人生是求知的，文学人生则是“求真”的。艺术与科学，虽不是一种物质生活，但终是人类心灵向物质方面的一种追求与闯进，因他们全得以外物为对象。文学人生之对象则为“人类之自身”。人类可说并不是先有了个人乃始有人群与社会的，实在是先有了人群与社会乃始有个人的。个人必在人群中乃始有其生存之意义与价值。人将在人群中生活，将在别人身上发现他自己，又将在别人身上寄放他自己。若没有别人，一个人孤另另在此世，不仅一切生活将成为不可能，抑且其全部生活将成为无意义与无价值。人与人间的生活，简言之，主要只是一种“情感的”生活。人类要向人类自身找同情，只有情感的人生，始是真切的人生。喜、怒、哀、乐、爱、恶、欲，最真切的发现，只在人与人之间。其最真切的运用，亦在人与人之间。人生可以缺乏美，可以缺乏知，但却不能缺乏同情与互感。没有了这两项，哪还有人生？只有人与人之间始有同情互感可言，因此“情感即是人生”。

人要在别人身上找情感，即是在别人身上找生命。人要把自己情感寄放在别人身上，即是把自己的生命寄放在别人身上了。若人生没有情感，正如沙漠无水之地一棵草，僵石瓦砾堆里一条鱼，将根本不存在。人生一切的美与知，都需在情感上生根，没有情感，亦将没有美与知。人对外物求美求知，都是间接的，只有情感人生，始是直接的。无论初民社会，乃及婴孩时期，人生开始，即是情感开始。剥夺情感，即是剥夺人生。情感的要求，一样其深无底。千千万万年的人生，所以能不厌不倦，无穷无尽，不息不止的前进，全借那种情感要求之不厌不倦，无穷无尽，不息不止在支撑、在激变。

然而爱美与求知的人生可以无失败，重情感的人生则必然会有失败。因此爱美与求知的人生不见有苦痛，重情感的人生则必然有苦痛。只要你真觉得那物美，那物对你也真成其为美。只要你对那物求有知，那物也便可成为你之知。因不知亦便是知，你知道你对他不知，便是此物已给你以知了。因此说爱美求知可以无失败，因亦无苦痛。只有要求同情与互感，便不能无失败。母爱子，必要求子之同情反应。子孝母，也必要求母之同情反应。但有时对方并不能如我所要求，这是人生最失败，也是最苦痛处。你要求愈深，你所感到的失败与苦痛也愈深。母爱子，子以同情孝母；子孝母，母以同情爱子，这是人生之最成功处，也即是最快乐处。你要求愈深，你所感到的成功与快乐也愈深。人生一切悲欢离合，可歌可泣，全是情感在背后作主。夫妇、家庭、朋友、社团，忘寝忘食，死生以之的，一切的情与爱，交织成一切的人生，写成了天地间一篇绝妙的大好文章。人生即是文学，文学也脱离不了人生。只为人生有失败，有苦痛，始有文学作品来发泄，来补偿。

但文学终是虚拟的，人总还不免仍要从文学的想象，转回头来，面向真实的人生，则依然是苦痛，依然是失败，于是因情感之逃避而有宗教。人把生命寄放给上帝。人不能向别人讨同情，因此在上帝身上讨同情。人不能生活在别人心里，因此想象生活在上帝心里。别人的心，我不能捉摸，上帝的心却像由我捉摸了，这便成为我的信仰。我信仰了上帝，便捉摸到了上帝的心。我爱耶稣，耶稣也一定爱我。我爱上帝，上帝也一定爱我。人生一切失败与苦痛，尽可向上帝身边去发泄，要求上帝给我以补偿。因此宗教人生其实也只是情感的、想象的。人生中间一切悲欢离合，可歌可泣，尽向上帝默诉。在我心里有上帝，转成为在上帝心里有我。上帝便成了文学人生的一件结晶品。宗教也只是一首诗。

然而上帝之渺茫，较之文学中一切描写更渺茫。上帝之虚无，较之文学中一切想象更虚无。人只向上帝处讨得一些慰藉，鼓得一些勇气，依然要回向到现实人生来。你不爱我，我还是要爱你。你不信我，我还是要信你。你不给我以同情，我还是要以同情交付你。由是信仰的人生，又转成为意志的人生。宗教的人生，亦转成为道德的人生。祈祷转成为实践，逃避转成为奋斗。一转眼间，只要你觉得他可爱，他终还是可爱。只要你觉得他可信，他终还是可信。只要你肯放他活在你心里，他真活在你心里了，也终于像你亦许活在他心里了，如是则完成了东方人的性善论。“性善论”也只是一种“宗教”，也只是一种“信仰”。性善的进展，也还是其深无底。性善论到底仍还是天地间一篇大好文章，还是一首诗，极感动、极深刻，人生一切可歌可泣，悲欢离合，尽在性善一观念中消融平静。所以人生总是“文学的”，亦可是“宗教的”，但又该是“道德的”。其实道德也依然是宗教的、文学的，而且也可说是一种极真挚的宗教极浪漫的文学。道德人生以及宗教人生、文学人生，在此真挚浪漫的感情喷薄外放处，同样如艺术人生科学人生般，你将无往而不见其成功，无往而不得其欢乐。

人类只有最情感的，始是最人生的。只有喜怒哀乐爱恶欲的最真切、最广大、最坚强的，始是最道德的，也即是最文学的。换言之，却即是最艺术最科学的，也可说是最宗教的。你若尝到这一种滋味，较之喝一杯鸡汤，穿一件绸衣，真将不知有如天壤般的悬隔呀！

请你把你内心的觉知来评判人生一切价值与意义，是不是如我这般的想法说法呢？

（此文作于民国三十七年春，刊于一九五九年九月《人生杂志》十八卷九期。）

二二　象外与环中

若说生命与非生命（物质）的区别，主要在有知觉与无知觉，则自最先最低级的原形胶质的生命像阿米巴之类，他也像已有知觉存在了。所谓知觉，只是知有己与知有物，这一“知觉”，便把世界形成我和非我，内和外，但最先最低级的知觉只是在模糊蒙眬昏睡的状态中。直至一切植物，还是那样。生命演进到高级的动物界，他的知觉才逐步觉醒、清楚而明晰。人类占了生命知觉之最高最后的一境，因此在人类的心觉中，己与物，我与非我，内与外，才有一个最清楚最明晰的界线。但一到人类的心觉中，己与物，我与非我，内与外，却又开始沟通会合，互相照映，融成一体。我的心中，活着许多别人，在许多别人心中却活着有我。

一切生命，都寄放在某一特定的个别的物质上，因此生命在空间和时间里都是有限的，渺小而短促，有生便即有死。只有人类，开始把他的生命从其特定的个别的物质中，即从我之身体中，因于心的觉知，而放射出去，寄放在外面别人的心中，于是生命遂可以无限扩张，无限绵延。正因为要求把我的生命放射出去，映照在别人的心里而寄放着，因此遂有“个性”尊严与“人格”之可贵。人必努力发展个性，创造人格，始能在别人心里有一鲜明而强烈的影像，始能把你自己寄放在别人心里，而不致模糊蒙眬以至于遗忘而失其存在。

若把这个观念来衡量人生价值，则一切物质人生，依然是最低级的，尤其是饮食的人生。饮食只在其本身当下感觉到饱适或鲜美，决不能映照到别人心里而生出一种鲜明而强烈的影像而存放着。此所谓饮水冷暖各自知，此乃无可共喻的。衣服与居处较为高级了，在某一人的衣服与居处上，多少容易表见其人之个性与人格而映射到别人心里，发生出某一些影像而暂时存放着，这便是你生命之扩张，由己心放射到他心。然而这是极淡漠极轻微的，重要的还在你的个性与人格上，不在你的衣服与居处上。若说你的个性与人格只能在衣服与居处上表现，岂不成为一种可鄙的笑谈吗？

艺术人生之可贵便在此。你的个性与人格，完全投射在你所创作的艺术品上，而映照到别人心里，别人欣赏到你的艺术作品，便发现到你的个性与人格。你的艺术创作，便是你的生命表现。艺术长存，即是生命长存。然而艺术人生已是生命之物质化，无论一幅字、一幅画、一件雕刻、一支乐曲、一个宫殿建筑，乃及一个园林设计，总之艺术必凭借物质而存在。你把生命融入了所凭借的物质，别人再从此物质来想象了解你的生命，这些多少是间接的，不亲切、不单纯。因此欣赏艺术时的心情，总是欣赏艺术品的本身胜过了欣赏创制艺术品的作者。这是艺术人生之缺憾。只有凭借于外面物质更少的，始是表现出创造者之个性更多的。在这里，只有音乐和东方人所特有的书法，则比较不同了。因其比较凭借外面物质更少，而更接近于下面所要讲的文学了。

文学在此上和艺术不同。艺术作品需要凭借物质，而文学作品则由人类自身所创造的文字中表达，不再需要凭借自然物质了。因此欣赏艺术的，一定不免于欣赏作品超过了欣赏作家。而欣赏文学的，往往可以欣赏作家超过了欣赏作品。我们就此点来评论文学，则戏剧和小说，似乎仍不是文学之上乘。何以故？因戏剧和小说，就创造言，还不免要把作家的心情曲折转变寄放在别的人事上而投射到别人的心里。就欣赏言，则还不免使人欣赏戏剧和小说作品之本身，胜过了此戏剧与小说的作者成此作品时的一切心情之真源。如是则依然是一种间接的交流。如西方之莎士比亚，其作者本身人格，可以形成种种之猜想，而仍无害于其作品戏剧之价值。此可证明作品可以脱离作者而独立自在了。在文学中，只有抒情的诗歌和散文，才始是把作家和作品紧密地融成一体，在作品上直接表见出作者之心情，以及其个性和人格，直接呈露了作者当时之真生命，而使欣赏者透过作品而直接欣赏之。最空灵的，始是最真切的。最直接的，始是最生动的。最无凭借的，始是最有力量的。如是始可说是理想文学之上乘作品。中国人总是崇拜陶潜与杜甫，胜过了崇拜施耐庵与曹雪芹。因施耐庵与曹雪芹只将自己生命融化于他的作品中，而陶潜与杜甫，则是将自己的生命凝成了他的作品，而直接奔放。同样理由，中国人崇拜书家，常常胜过了崇拜画家。崇拜画家，常常胜过了崇拜建筑师。而崇拜文人画，亦胜过了崇拜院体画。

科学家的生命则寄放在纯客观的物理上，距离实际人生更远了。我们若以艺术家的创造心情来看科学家，则科学家应该可以说是更艺术的。何以故？因其能纯粹忘却自我而没入外面的事象中，因而在外面事象中获得了自我之存放。但此种自我，却已是纯粹事象化了，更没有自我之原相存在。因此说科学家是更艺术的艺术家。因此科学家在科学真理之发见上，是绝对没有所谓个性与人格之痕迹存在的。岂仅如此。在科学发见之后面，几乎可以使人忘却有人之存在了。因科学是超人生的，非完全遗忘人生，不能完成科学。因此我们只有在追忆科学家那一番探求真理之过程中，有时可以稍稍领略一些科学家们之日常生活与其内心精神。至于在科学家所发见的科学真理上，则丝毫不带有科学家自身之踪影。

继之再说到宗教。西方人的宗教，实和他们的科学貌异神近。因非遗忘人生，即不能进入宗教。他们亦必是先忘却了自己，而后始能祈求没入宗教的教理中。他们所信的宗教教理，几乎也可说是一种纯客观而又同时是非人生的。他们先把握到上帝的心情，再始回头来处世，在他们心坎深处，不该存有家庭，不该存有世间，他们只该以体认到的上帝的心情来处家庭，来处世间。在其追求宗教信仰之一段过程中，我们也可以领略到其日常生活与夫其内心精神之一斑，但在其所信仰之真理中，则同样不能有信仰者自己的个性与人格之重要与地位，甚至不应该有人的地位存在呀！至少在理论上是须得如此的。

只有道德生活，乃始确然以各人之个性与人格为主。艺术科学与宗教，其主要对象及其终极境界，大体说来，可以说是非人生的。只有道德对象，则彻头彻尾在人生境界中。上文所谓别人活在我的心里，我活在别人的心里，这完全是一种道德境界。我们只有在道德境界中，可以直接体会到当事人之个性与人格。此种个性与人格，不仅保存于其生前，抑且保存于其死后。不仅在其生前，其个性与人格，可以随时有扩大，抑且在其死后，其个性与人格，依然有继续扩大之可能。世界伟大人格，无不于其死后保留，亦无不于其死后继续扩大。若不能继续扩大，亦即不能随时保留。让我们粗浅举例，如孔子、释迦与耶稣，其死后之人格，岂不依然保留，而且在继续扩大吗？七十子时代之孔子，到孟荀时代、两汉时代、宋明时代，其人格既随时保留，而又继续扩大了。若使自今以后，孔子人格还能随时保留，必然仍将继续扩大。若使不能继续扩大，便会逐渐消沉，而失其存在。释迦耶稣是一宗教主，似乎与孔子不同，然其人格之所以亦随时保留而继续扩大者，则因其已由宗教人生而渗透到“道德”人生故。一切宗教人格之扩大，莫非由其道德人格之扩大。中国人崇拜“道德人格”，尤胜于崇拜宗教人格。崇拜“圣人”，尤胜于崇拜教主，其理由即在此。由于同一理由，中国人崇拜一文学家，亦必兼本于崇拜其道德人格，而后其作品始得被视为最上乘。然而文学作家之人格，虽亦可以随时保留，而终不能随时扩大，此所以中国人之视文学家，终不如其视一圣贤人格之更见崇重，其理由亦在此了。

这里我们又将提到东西人生态度之不同。东方人以道德人生为首座，而西方人则以宗教人生为首座。西方人的长处，在能"忘却自我"而投入外面的事象中，作一种纯客观的追求。他们的艺术、文学、科学、宗教种种胜场莫不在此。中国人的主要精神，则在能亲切"把捉自我"，而即以自我直接与外界事物相融凝。中国人的艺术与文学皆求即在其艺术与文学之作品中，而直接"表见自我"。中国人的宗教生活也如此，因此在佛教中有中国禅宗之产生。这在宗教圈中而依然看重了自我，于是乃有所谓"狂禅者"出现。而中国人的科学造诣，则不免要落后。若说中国人是"超乎象外，得其环中"，则西方人可说是"超其环中，得乎象外"了。西方人最高希望应说能"活在上帝心中"，而中国人可说是只望"活在别人心中"。上帝还是象外的，别人则仍是在环中。就哲学术语来说，东西双方依然有向内向外之别。人生终不能不有所偏倚，这亦无可奈何呀！

（此文作于民国三十七年春，刊于一九五九年十月《人生杂志》十八卷十期。）

二三　历史与神

就自然界演进的现象来说，好像应该是先有了人生，然后有历史。但就人生演进的立场来讲，应该是先有了历史，然后始有个人的人生。极明白的，孔子不能产生在印度，释迦不能产生在中国，双方历史不同，因而双方的个人人生也不同。同样理由，可以说并不是先有了哲学，乃始产出哲学史。实在是先有了哲学史，然后始出产哲学的。任何一个哲学家的哲学，莫非由哲学史而产生。你若不先明白他向上一段的哲学史，你将无法明白他的哲学之来源，乃至其哲学中之一切意义。

我常说，"灵魂"和"心"的观念之分歧，实在是东西双方一切关于宇宙论乃至人生论的种种分歧之起点。心由身而产生，不能脱离了身而独立存在有一个心。灵魂则是肉体以外之另一东西，来投入肉体中，又可脱离肉体而去。西方哲学史大体可说是一部"灵魂学史"，至少是从灵魂学开始。东方哲学史大体是一部"心灵学史"，至少是从心理学开始。西方哲学，中古以上不再论。即如近代大哲如德国之黑格尔，他主张一绝对精神，我们也可说它还是灵魂之变相。法国人博格森，他偏要说生命在物质中创造，但他不肯说由物质创造出生命。生命的特征，既是创造，则生命即由创造开始，而演进，而完成。何以定要说另有一生命投入物质之中而始有创造的呢？这还不是一种灵魂思想之变形吗？

博格森有一次讲演，讲题是“灵魂与肉体”。他明说灵魂与肉体，他的意思就是说物质与精神。他认为灵魂依附在肉体上，恰似衣服挂在钉子上。在近代西方又有人说，生命在物质中呈现，正犹如无线电收音机收到了在天空飘过的乐声。那天空里飘过的乐声，和那钉子上的衣服，其实都是一种灵魂的变相，把当前表见的，硬认为是原先存在的。东方思想的习惯并不如此。东方人说，“鬼者归也，神者升也”。鬼只是已死的人在未死的人的心里残存下的一些记忆。那些记忆，日渐褪淡消失。譬如行人，愈走愈远，音闻隔阔，而终于不知其所往。至于那些记忆，仍能在后人心里活泼呈现，非但不褪淡，不消失，而且反加浓了，反更鲜明强烈地活跃了，那便不叫鬼而叫神。“鬼”是死后人格之暂时保存，这一种保存是不可久的，将会逐渐散失。“神”则是死后人格之继续扩大，他将洋洋乎如在其上，如在其左右，永远昭昭赫赫地在后人之心目中。如是则鬼神仍不过是现在人心目中的两种现象，并非先在的确有的另外的一物。

人有些是死了便完的，这些都该叫做鬼。原先没有此人，忽而此人生了，后来此人死了，重归于无，所以说“鬼者归也”。

但有些人，他身虽死，他生前所作为，仍在后代留下作用，譬如是他依然活着一般。有些在他死后，他的作用更较生前活跃有力，这些便成为神了。神只是说他的人格之伸展与扩张。人死后如何他的人格还能伸展与扩张呢？正因他人虽死，而他生前的一切，依然保留在别人心里。既在别人心里，便不免要在别人心里起变化，起作用。那些变化与作用，便是他之所以为“神”，便是他人格在死后之不断伸展与扩张之具体表现。也有些人虽死了，而他生前却作了些坏事业，留下了坏影响，后代人虽心里讨厌他，要想取消他的所作所为，然而一时不可能，则他的人格岂不也是依然存在，而且有的还一样能伸展与扩张吗？只是其伸展扩张只在恶的一方面，在不讨人欢喜的一方面而已。那些则不能叫做神，只是一恶鬼。神可以继续存在，继续伸舒，一个恶鬼则终于要消灭。然则鬼神并不是外于“人心”而存在的。鬼神只存在于人之心里，因人心而消灭，也因人心而创造。在后代人心里逐渐消灭的为鬼，在后代人心里继续新生的是神。所以中国人的宇宙观是自然的、物质的，而中国人的历史观则是人文的、精神的。换言之，在自然的物质的宇宙里没有鬼与神，只在人文历史的精神界里有鬼与神。

历史只是人的记忆。记忆并非先在的，记忆只是一些经验之遗存。人的经验都保留在记忆里，但有些记忆有用，有些记忆没用。有用的记忆时时会重上心头，时时会不断的再唤起。我唤起昨日之经验而使他重上心头来，那便是昨日之我之复活。若我一生的记忆，更没有一件值得重再唤起的，那则今天想不起昨天，明天想不起今天，天天活着，无异于天天死去；刻刻活着，无异于刻刻死去，其人即无人格可言，亦无生命可言，他虽生如死，名为人，而早已成为鬼了。若其一生经验，时时有值得重新唤起的价值，在今天要唤起昨天的我，在明天要唤起今天的我，那其人一生如一条纯钢，坚韧地交融成贯，再也切不断，这该是一种最理想的人格。他虽一样是个人，却已确具有神性。他死了，他的一生重在后代别人心里不断唤起。后世人时时再记忆到他，那他便成其为神了。

如是则神的经验可以为别人所再经验，神的记忆可以为别人所再记忆。然而历史则决不再重演。人生刻刻翻新，所以任何一番记忆，多少必有些变化，任何一种经验，当其再经验时，也必然又成为一新经验，故说“所过者化，所存者神”。我们今天再记忆到孔子，再经验到孔子当日所经验，其实内容变了，决非真是孔子当日之所记忆与经验之原相，然而不妨其为是对于孔子之再记忆与再经验，这即是孔子之“化”，也即是孔子之“神”。饥而食，渴而饮；日出而作，日入而息，人人如此，千古如此，此亦是一种再记忆与再经验。然而无个性、无人格，这只是一种鬼相，只能循环绕圈子，回复原状，重新再来，所以只成其为鬼。这些则只是自然，只是物质生活。要在自然的物质生活中有创造、有新生，才成为“历史”，才具有“神性”。

误解历史的，昧却历史中之神性，妄认鬼相为历史，以为凡属过去者则尽是历史。这譬犹普通人误解人生，妄认为凡属过去者全是我。其实我是生生不已的，事已过去而不复生生不息的只是鬼，只是已死之我。已死之我早已不是我，只是物质之化。自然之运，只有在过去中保留着不过去的，依然现在，能有作用，而还将侵入未来的，那才始是我，始成为历史，始是神。“历史”和“我”和“神”，皆非先在，皆有待于今日及今日以下之继续“创造”与“新生”。

人要创造历史，先须认识历史。人要追求神，先须认识神。譬如人要建筑房屋，先须认识房屋，人要缝制衣服，先须知道衣服。在未有房屋与衣服之前，已有房屋与衣服之前身。在未有历史与神之前，也已有历史与神之前身。今日之历史与神，也即是明日的历史与神之前身。所以有不断的记忆，始有不断的创造。有经验，始有新生；没有经验，便再没有新生。“灵魂”先经验而存在，“神”则是后经验而产生。经验到有神，便易再产出神。孔子为后代人再经验，便是孔子之复活，也是孔子之新生。耶稣之再经验，便是耶稣之复活与耶稣之新生。我们把历史再经验也便使历史复活，使历史再生。常堕在鬼的经验中，不能有神的新生。

（此文作于民国三十七年春，刊于一九五九年十月《人生杂志》十八卷十一期。）

二四　实质与影像

我尝把人生分别为物质的与精神的。在精神人生中，又分别为艺术的、科学的、文学的、宗教的与道德的。人生始终是一个进展，向外面某种对象闯进而发现、而获得、而创新。人生既是一种向前闯进，则不能不附随着一种强力。没有强力，则外面种种尽成阻碍，你将无法闯，因此也无所获，而生命之火便此熄灭了。但强力虽紧随着生命之本身，到底强力并不即是生命。生命没有强力，无法前进，也并不是说具备强力即已获得了生命。生命之实在，在于其向前闯进之对象中。向艺术闯进，艺术便是生命之真实。向科学闯进，科学便是生命之真实。若只有闯进，便是扑空。没有对象，便没有生命之真实性。照理闯进本身，便该是有对象的。人生最先闯进之途，只在求生命之延续。其次闯进愈深，才始有求美、求真与求善的种种对象。每一闯进必附随以强力。人生误入歧途，遂认强力为生命，而以扑空为获得。譬如你行动，必须附带一种强力，但行动决非只是强力。譬如你说话，也须附带一种强力，但说话决非只是强力。没有强力，不能行动，不能说话，但强力并非即是行动与说话之实质。没有强力，便没有生命，但强力也决非即是生命之实质。生命如身，强力如影，影不离身，但身不是影。离身觅影，反而要失却影之存在。

人类在文化浅演时，在其向物质生活中谋求生存时，即已顾见了他生命的影子。在其逐步向前闯进，逐步获得满足时，即已逐步发见了自己生命之强力，而觉到一种生命之喜悦。但生命之喜悦，并非即是生命之满足。满足是实质，喜悦是影像。获得满足，同时即获得喜悦。但寻求喜悦，却不一定寻求得到满足。不幸而人类误认影像为实质，于是有一种追求强力的人生。

追求强力的人生，放宽一步说，也早已进入了一种精神生活的范围。强力本身亦带有一种美的感觉。人类当文化浅演时，上高山、入深林，与毒虫猛兽相搏斗。至于如大围猎，炽盛的火炬，广大的围合，死生的奔驰，生命强烈的火焰，燃烧到白热化，何尝是专为着求生存！这里有一种美的迷醉，有一种力的喜悦。生命之强力感从人对物的场合，转移到人对人的场合。尤其如男女双方爱情的争取，男的对女的追逐、掠夺、霸占，男的一方的强力，映射到女的一方的心里，怯弱、抖颤、屈服，再由女的一方的心里映射到男的一方，同样是一种美的迷醉，又夹杂着情的动荡，而更要的还是力的喜悦。若遇到两雄争一雌，更激昂，更紧张，甚至残忍杀害，无所不用其极。这里不仅是性之要求与满足，还夹带有美有情，更主要的，却是一种力的表现与喜悦。再进至于两民族两国家的大斗争、大屠杀，列阵相对，千千万万人以生命相搏，这里有忠心、有勇气、有机智，更重要的，还是强力。千千万万人的忠心勇气机智与强力，凝合成了一位两位英雄，映射到当时乃至后世千千万万人心里，鼓舞崇拜，说不尽的向往，这里自然也有美的迷醉、情的动荡，然而更重要的还是力的喜悦。

英雄与美人，常为人类传奇中的角色。英雄是强力的阳面，美人成了强力的阴面。英雄的强力，最好在美人心上感受而反射出来，更见有异样的光彩。这里透露出强力自身并非真生命，一定要渗和着美的迷醉与情的动荡而活跃。其次遂有金钱的崇拜，权势的攘夺，一切所谓的世俗人生，这里更没有生命之内容与实质，只有生命的架子与影像，他们只想在强力上夸耀。

智慧是最冷静的，然而也常易误入歧途，于是有所谓“知识即权力”之想象。人类渴求真理的那一段真生命，也染上了力的喜悦之阴影。科学发明为金钱崇拜、权力崇拜者所利用，资本主义与帝国主义弥漫一世，凌驾全人类，这些也全只是生命的架子与影像，并无生命之实质与内容。物质生活是平浅而无深度的，而资本主义与帝国主义则已超过物质界而投进了精神界。然而此所谓精神界者，亦仅是一种强力之喜悦而已。仅是强力喜悦，仍然无对象、无内容。而人类之内心要求则是要寻求对象、寻求内容。若必求对象、求内容，则资本主义只能建筑在拜金主义者底心里，帝国主义只能建筑在夸权慕势者底心里。这不仅是在流沙上筑宝塔，实在是在大雪里燃炭火。财富与权势，到底是一种无内容的空架子，是一个无本身的假影像，终难发展出真人生。自然尚不如美人眼里的英雄，有美有情，还有好些人生滋味。

强力人生，有一种最诱人的魅力，便是他使人发生一种无限向前之感。惟其是仅向前，而无对象与内容，因此易感其无限。无限本身便是一种美，然而终不免带有一种茫茫之感。要对天地大自然发生一种命运之悲伤，空荡荡，莽悠悠，还是要找归宿。蒙古人在大草原大沙漠枯寒荒凉的地带里，迫着经济上之内不足，一度鞭策起他们的无限向前，扩张、征服，茫然地前进，然而终于找到他们的宗教信仰而获得归宿了。中古时期的欧洲北方蛮族，在高寒的冷空气里，在沿海岸的渺茫的前程中，也因为生事艰窘的内部不足，同样鞭策起他们的无限向前。罗马帝国覆灭，基督教传播开来，也终于使他们一时得到了归宿。然而因于种种复杂的环境，文艺复兴乃至近代科学发现，又鞭策起他们再度走上无限向前之路。扩张、征服，接续着好几个世纪的强力人生之表现。科学与宗教，本该是有对象有内容的。现在已经形式化、纯净化了，只有无限向前一意向，领导着他们。婢作夫人，美乎？真乎？善乎？上帝乎？人生乎？强力乎？征服乎？财富乎？权势乎？若使近代西方人能回头一猛省，除却物质人生之浅薄享受以外，所谓强力人生之对象与内容，究意何在？茫然之感，天地大自然的终极命运，恐怕终有一日要重侵入他们之内心。

中国民族在大平原江河灌溉的农耕生活中长成。他们因生事的自给自足，渐次减轻了强力需要之刺激，他们终至只认识了静的美，而忽略了动的美。只认识了圆满具足的美，而忽略了无限向前的美。他们只知道柔美，不认识壮美。超经验的科学与宗教，鼓不起他们的兴趣与勇气，而终于舍弃了，迷恋在文学人生的路上，而很早便进入到道德的人生。鄙视财富，排斥强力，文化理想自成一型。英雄与美人的传奇式的憧憬，也转而使美人的柔情如水胜过了英雄的壮心如火。梁山泊里的好汉，走不进大观园。伴随着林黛玉而向往追求的是一个贾宝玉，唱《霸王别姬》的主角成为是虞姬而不复是项王了。如此般的人生，如何阻挡得住蒙古人的铁骑蹂躏，如何抵塞得在今天乘长风破万里浪的无限向前的西方人的强力文化之狂潮。如是般一对比，相形之下，近代西方人的物质生活，转见其为是一种精神的；而中国人的精神生活，则转见其为是一种物质的。近代西方纯形式的文化，转见其为内容充实；而中国人的文学人生与道德人生，转见其为空洞无物，无对象、无内容。

强力的人生乎？强力的人生乎？如何安排你一个恰当的地位！如何找寻你一条恰当的出路！

（此文作于民国三十七年春，刊于一九五九年十一月《人生杂志》十八卷十二期。）

二五　性与命

儒家思想超脱了宗教的信仰，同时也完成了宗教的功用。宗教从外面看，有他的制度、组织及仪式等，儒家把理想中的“礼乐”来代替。宗教从内面看，同时是宗教精神更重要之一面，为信仰者之内心情绪，及各人心上宗教的真实经验，在儒家思想里关于“性与命”的意义，与之极相接近。

各种宗教的内心经验，最重要的，必有一个外在的神圣境界或神圣威力之存在。人能超越了小我有限的较低级的自心，而信仰一外在的无限的高级的神圣心，而与之相接触、相感通、相融合，这是各种宗教所共同祈求的一种境界，共同皈依的一种威力。就宗教论宗教，则宗教应该超越乎道德之上。道德只是人世间之事，人世间一切道德，至多只能把我们有限的自我沉没于其他一个或多个有限的自我之内，并不能使自我与无限合一。无论是忠、是孝、是爱，是一切其他牺牲，凡是道德对象，总之是属人间的，依然是偏而不全，是有限，免不了要消逝而不能长久地存在。因之一切人间道德总是偏的、相对的、有限的。只有神与圣完全而无限，永生而不灭。人只有与这神圣的无限生命相接触，才使人自己参加无限而得永生，但儒家理论并不如此。

儒家并不在人类自心之外去另找一个神，儒家只认人类自心本身内部自有它的一种无限性，那即是儒家之所谓性。人心是个别的，因而也是各偏的，不完全而有生灭的，相对而有限的。但人心亦有其共通的部分。这些共通部分，既不是个别的，又不是各偏的，而是完全惟一的，无起灭而绝对永存的。儒家之所谓“性”，即指此言。因此儒家在自心之内求“性的至善”，正犹如一切宗教家在自心之外求“神的至善”一般。性属人，人性仍是有限。善亦属于人，则善亦有限。但专就人本位言，则人性至善，已然是一种无限了。宋儒转换言理，“理”则普遍于宇宙、万物与人类，更属无限了。“理之至善”正犹神之至善，故朱子说“天即理也”，这见即是上帝亦不能在理之外。又说“性即理也”，则此至善无限，却落到人的有限身上了。“无限”必是先人而在，因此人之禀赋此性，必是原先有了的。因此性之至善，与生俱足，更无余欠了。但虽尧舜，犹有余憾，因无限的可能，只在有限中发展，亦只在有限中完成。而有限则终与无限有别。西方宗教家只希望神降入我心来，这是无限超越在有限之外。中国儒家则主张“尽心知性”、“明心见性”，而发见我性内具之善。“性与善”既属“无限”，则无限即在有限之内。因此儒家论道德观，主张“自尽我心”，“自践我性”，其本身即已是一种无限与至善了。

宗教家惟其认有一神，超越于自己小我有限之上，则此有限内心如何与此至高无限之神相交接，其普通必有之手续即为祈祷。祈祷遂成为宗教之精髓与宗教之神魂。祈祷是宗教上之必有手续，与必有实践。儒家既认性之至善即在我心，故儒家教义不须有祈祷。但此至善之性，究竟也是我心内较高较深的部分，虽在我心之内，而贯通于心与心之间，则又若超越于我心之外，因此我心有限，而我心之性则无限。一个超越我外而无限的性，较之只为我有而有限的心，自然也不免有一种降临与高压之感。此一种感觉，在儒家则谓之“命”。儒家最要工夫一面在“知性”，一面则在“知命”。性与命虽是一个东西，而不妨有两种感觉。一是感其在我之内，为我所有；一是感其在我之外，不尽为我所有。既是在我之外而不尽为我所有，则对我自有一种强制或高压，规范或领导之力。

若就人心全体言，乃是有了心，始见有性。若就一个个的心而言，则性早在心之前而又在心之后。未有我心，便有性；我心既灭，性尚在。换言之，心个别而有限；性共通而无限。心有生灭；性则无生灭。而此无生灭的即生长在有生灭的之内，但同时又包宏恢张于有生灭的之外，而为之规范为之领导。性就其在我之内而为我有者言；命则指其不尽在我之内又不尽为我有者言。如何将我此个别之心，完全交付于此共通之心，而受其规范，听其领导，这须有一种委心的状态。宗教上的委心是“皈依”，儒家的委心便是“安命”。安命始可践性，委心安命便要你有所舍却。舍却了此一部分，获得了那一部分，这种以舍弃为获得的心理状态，正犹如宗教家之祈祷。祈祷心态之最重要者，首为完全舍弃。舍弃你之一切而听命于神，信赖神，祈求神。儒家之知命安命，亦同样有此境界，平息自心一切活动，只听命的支配。命是在我外面的。命又有消极与积极之分。积极的命是一种领导，消极的命是一种规范，一种抑制。人心必得有此两种作用，一面规范抑制着你，不许你如此，不许你如彼；一面领导着你，该如此，该如彼。

宋儒说“性即理”，此一“理”字亦便是命。宋儒常说“天理”，正犹先秦儒之言“天命”。惟理虽在外，亦在内，因我既在理之内，理亦宜为我所有。故陆王又要说“心即理”，理就主宰一切。故陆王又要说“良知”即是你的主宰，此即是说主宰亦在我之内，而不在我之外。儒家理论之最要处，正在认得此不为我有者其实即为我所有。而此种境界却不以祈祷得之。此为儒家与宗教不同之又一关键。

《庄子》书中，有一番推翻上帝和神之存在之观念的最透辟的理论。但《庄子》书中，同样有一番委心任运知命安命的最深妙的理趣。你能体会到庄子的这一面，你自然能心态安和，精神平静，一切放下，轻松恬美，而到达一种大自在、大无畏的境界。也正犹宗教精神在祈祷时之所到达。惟《庄子》书中所言之“命”，则只是消极的叫你舍弃，而非积极的叫你奋发，这是庄子“知命而不知性”之过。魏、晋时代的清谈学家们，都重视庄子，但他们却不言安命而言“任性”。郭象《注庄》便是其一例。如此则只知任性，不知安命，在消极方面既没有了抑制，在积极方面又没有了领导。性是一个必然的，而清谈家之任性，则一任自然而不认有必然，此是清谈家“知性而不知命”之过。只有儒家可说是“性命双修”。

儒家思想有与一切宗教最不同之一点，一切宗教全像是个人主义的，而儒家则最不喜为个人自己着想。一切宗教莫不有一个超越于个人以上之神，一切个人莫不向此神祈求，所祈求的对象虽是共通的，而此祈求之主则是个人的。因此祈求所得之恩赐也属于个人。儒家思想中超越于个人以上者是命，命在领导着各个人，同时规范着各个人，因此命是个别的，而知命安命便是“率性”，性却是共通的、大群的。因此所领导所规范者是“个人”，而领导之规范之之主者，则一切从大众出发，也一切归宿到“大众”。

《中庸》说：“天命之谓性，率性之谓道。”只轻轻安上一“天”字，并非认真看重有一上帝存在，重要则在“命”字与“性”字上，命与性都已在人的身份之内了。孟子说：“尽心知性，尽性知天。”此处也可说“尽性知命”，天只是命之代名词，也并非认真看重有一上帝存在，故又曰：“莫之为而为者，天也。”故尽性知天，仍只重在人的身份上。“道”字由性命而来，则显是“大群”的，决非小我的。孔子又说：“人能弘道，非道弘人。”此亦并不定谓必然先有了道才有人。总之立言的分量，依然重在人。西方宗教家必信仰有一上帝和神在人之前，又必然把人的地位低压于上帝和神之下，此等信仰和理论，在中国儒家思想里，似乎已冲淡了。但宗教家一切鼓舞人向上的情绪，激励人扩大内心的功用，儒家则并未忽视，而且能完全把握到，此是儒家高明处。亦是儒家与一切宗教精神之相通处。

（此文作于民国三十七年春，刊于一九五九年十一月《人生杂志》十九卷一期。）

二六　紧张与松弛

“无意识”的心理状态，见称为近代西方心理学界一大发现。人心不完全在当前的意识中浮现，还有好些隐藏在当前的意识之外的，好像有一条界线存在。浮现在此界线之上的，成为意识；沉淀在此界线之下的，当时并不意识到。此一界线，心理学家称之为“意识阈”。阈下意识又称潜意识，又称无意识。但此只是一个约略譬况之辞，也可说当下意识成一圈，排挤在圈外的，一时意识不到，也可称为外意识，或边意识。此种阈上与阈下，圈内与圈外，也并非有一截然鲜明的区划，只是逐渐模糊，逐渐黯澹，乃至于完全不知，也并非永远如此区分着。实际上则常在变动，有时阈下的升起，阈上的降落；圈外的挤进，圈内的逸出，因此心态时时刻刻在变。总之当前意识到的决非人心之全部。论到此阈下阈上或圈外圈内、意识与潜意识之分量及界域，亦各人不同，各时不同。有些人在有些时，可以说阈上的意识只占极少一部分。有人有时则阈下意识少，阈上意识多了。或说此意识圈放大，圈外少了，圈内多了。有人有时反此。有人有时阈上阈下圈内圈外的变动疏松而灵活，有人有时则变动甚难。所谓变动难者，即是阈下的升不到阈上来，圈外的挤不进圈里来，如是则成了心态之硬化。有人有时阈上阈下或圈内圈外虽有隐显之别，而并不感有冲突。有人有时则潜意识与显意识冲突了，甚至于破裂成两个人格。譬如一个政府，由社会下层革命，或四边外族入侵，割据反叛，形成无政府状态，或两个政府对立。这些花样，近代西方心理学家研讨得极有兴趣，大致已成为一般常识了。

其实意识只是人心随时一个集中点。人心必向某一对象而动进，此种动进，心理学上亦称"注意"。注意所在便成"意识"。一切意识，都凑聚在此注意点之中心与四围，渐远则渐模糊而成无意识或不意识。因此阈上阈下与圈内圈外之分，其实只是对当前一个注意点的亲近与远隔之别。注意点转移，则全个心态亦随而转移，亲近与疏隔的部位换了，便说圈外的挤进圈内，阈上的降入阈下。若使此心对一切全不注意，不向任何一对象而有所动进，那时则此心便如模糊一片，圈内圈外阈上阈下的界限泯失了。人在睡眠状态中，便成此象。心的集中，你须用一些力量来控制。那些控制力薄了，心便散漫，全不控制，心便集中不起。当你想睡眠时，你必试使你对心的控制解放，让心散了，对外全不注意，便易入睡。当你睡后初醒，你必试使你对心的控制加强，你只一加控制，你心便兴奋集中起来，便成觉醒状态。如是则那条所谓意识圈或意识阈，本由人心集中时所引起。你把你所要意识的集中起来，把不须意识的排摈在外，扼抑在下，便成意识与不意识之两半。你控制集中的力量强或弱，便成心态之紧张与弛散。紧张心态下意识容易鲜明，但亦容易分成两半。弛散心态下，意识不容易鲜明，但此心却容易溶成一片。

庄子曰："其嗜欲深者其天机浅。"人心集中注意，其原始必有所要求，此即庄子之所谓"嗜欲"。因你有所要求而把自心集中起来，合你要求的，让进意识圈，鲜明活跃；不合你要求的，排除在意识圈外，模糊黯澹。你把你的心如是般一组织，有好处也有坏处。譬如人群组织一政府，自然有它的需要。但在政府内的，当权用事；在政府外的，便闲散没用，而且压抑不自由。《列子》里有一段寓言，说一人入市，见金即攫，为人所捕，问何胆大，答云，"那时见金不见人"。这是他注意太集中了，情绪太紧张了，想攫金的嗜欲深，因此虽有旁人，全不顾及，心不在焉，视而不见，把眼的天机窒塞了，这正是庄子话的一个好证。从历史讲，死去的人的力量，实在远比活的人的力量大。把人的一日讲，夜里睡眠时的力量比日间醒觉时的力量大，一切聪明气力，都在夜里养息，再在日间使用。从当前一刻间的心态讲，意识圈外的边远意识，比意识圈里的中心意识并不是更无用。庄子之所谓"天机"，正要让此种边远意识活泼参加到中心来活动。你若排除太甚，压抑太过，不仅使你天机浅塞，而且要生出反动，引起纷扰。正如一个政府，太求坚固了，太爱集权了，使他与下层社会太隔离了，不仅要减轻这政府的智能，而且要引起革命，使此政府不免于颠覆。心理学上所谓人格破裂，神经错乱，乃至一切疯狂状态，莫非此心太紧张太压抑所致。较轻的症候，便是夜里做梦，日间那些被驱逐在意识圈外的边远意识，一到夜里，你的控制力松了，他们便偷进意识圈肆意活动。那时虽非人格破裂，虽未走入疯狂境界，但总是你心里的纷扰与反动。庄子说："至人无梦。"这一境界，便是告诉你心象安恬，精神平帖，全人格协调一致，你心里没有反复不安的分子潜伏着，那种心态一到日间，自然神志清明，天机活泼，可以泛应曲当。《易经》上说："通昼夜之道而知。"便是此种境界。你若太凝视一个字，凝视得太集中、太紧张，反而对这一字形惶惑认不清。你若使劲要找地下一个针，用尽你的眼力，那针反而找不到。你能放松些、散淡些，让你的视力天机用事，那针忽而会自己投进你的视线，无意中瞥见了，全不费力。这是你易懂的铁证。

让我们把人心约略分成"紧张"与"松弛"的两型。紧张的人，譬如一个手电筒，你把光点拧得紧凑，光力是强了，光圈亦缩了。松弛型的，譬如手电筒的光点，反拧过来，把光圈放大，但光力则微了。惯于紧张集中的人，他常把心力用在一点上，四外的全排除，因此易深入，也易偏至。惯于弛松散淡的人，他并不把心老集中在一点上用，因此他所见较宽较全，但不深刻，不细致。在理智上讲，前一型的人，宜于在自然科学上探求。后一型的人，宜于在人文科学上体会。从情感上讲，前一型的人是强烈的，富于侵入性。后一型的人，是平淡的，富于感受性。西方民族比较前一型的多些，中国人则比较后一型的多些。这种区别，还是由于自然环境及其生产事业而来。沙漠游牧人与海洋商业人，因其生活迫蹙，事事有所为而为，容易造成心理上的紧张习性。平原农耕社会，生事宽闲，无所为而为的时候多些，容易造成心理上的松弛习性。

西方自然科学是紧张心绪下的产物。他们爱把一切不相干的东西尽量剔除，专从一点上直线深入，因此便有一切科学知识之发现。宗教也是紧张心绪下的产物。一切西方宗教经验下之种种见神见鬼，在心绪松弛的人看来，都像是神经过敏。若把心理分析术来说明，其实便是他的边外意识侵入中心而引起。凡属炽热的宗教心理，必带一种最强烈的“天人交战”之感，在其内心深处，必起一番大革命。因其平常心理组织太坚强而硬化了，一旦失却平衡，阈下意识圈外意识冲进心坎，把原来的中心组织彻底推翻，彻底改造，人格上发生大震动，旧人格崩溃，新人格赤地建新，这是宗教经验里的最高境界，使人如疯如狂地走入一新天地。在宗教里算是神感，是天赐，是上帝降灵。

其他如恋爱心理、战争心理，也都是紧张型的产物，都要火热地不顾一切地向某一点冲进。全部人格集中在这一点上，若把阈上阈下来形容，他的心理状态，应像一金字塔，阈上的凝结成一尖顶，便是他恋爱的对象，斗争的对象；其他一切，全压制在塔底下，压抑得透不过气来。这种心态根本不安和、不宁定。在爱神脚下，在战神旗下的，易于疯狂，也易于回过头来皈依上帝，信仰神力。其实“上帝”和“神力”，正是他边外意识侵入中心之一番大革命。《庄子》书里常颂赞一种“虚静”的境界，后来禅宗说的“常惺惺”，宋儒如周濂溪所谓“静虚动直”，程朱所谓“居敬”。常用这些工夫的人，染不上爱魔，走不上火线，不能恋爱，不能战斗。所谓“虚静”，并不要他心上空无所有，只是松弛，不紧张，无组织，平铺地觉醒，把全个心态敞开，开着门，开着窗，让他八面玲珑，时时通风，处处透气，外面的一切随时随地可以感受，内面的一切随时随地可以松动，全局机灵没有压抑，没有向往，这时是常惺惺，是敬，也是活泼天机。如是的人，全个心态融和。譬如一杯清水，没有一些渣滓，不在自己心里筑围墙，不让有阈下或圈外过久有压抑排摈的心能。如是的人，也不能信宗教。所谓不能信宗教，只是不会有那些见神见鬼的宗教上的活经验，他将感不到那种天人交战的大决斗。那种天人交战的大决斗，东方人反而看不起，认为是人格上之不健全与不稳定。如是的态度，用在理智上，也不会闭塞各部门各方面，只向一点直前钻，因而不能发明近代西方自然科学上的种种新知识。

前一种紧张心型，应用在宗教上，是上帝与魔鬼之对立。应用在哲学上，是精神与物质的二元论。应用在政治社会的组织上，是阶级与法治。应用在人生上，是强力奋斗与前进。应用在理智上，是多角形的深入与专精。后一种松弛心型，应用在宗教上，是天人合一。应用在哲学上，是万物一体的一元论。应用在政治社会的组织上，是大同与太平的和平理想。应用在人生上，是悠闲恬淡与宁静。应用在理智上，是物来顺应，斟情酌理，不落偏见。东西双方一切文化形态，全可从此一分别上去悟会。

（此文作于民国三十七年春，刊于一九五九年十二月《人生杂志》十九卷二期。）

二七　推概与综括

智识必附随于对象而起，对象变，则求知的心习与方法亦当随而变。知识对象，大体可分为“自然”与“人文”两大类。或分为“物质”与“生命”两大类。生物学在第一分类应归入自然，与人文不同。在第二分类，则与人文同列，而与物质不同。若把一切智识作一简单之序列，从自然到人文，最先应为数学与几何，即最抽象的象数之学。其次为物理与化学，再次为天文与地质，这些全是无生命的物质。其次为生物，再其次为人文学。人文学中再可细分各部门，自成一序列。

“象数”之学有一特征，即为最“抽象”最不具体的，因此也为最可“推演”的。二加二为四，一个三角形之三个角，等于两直角。这些不烦一一证验，一处如此，到处皆然；一时如此，时时皆然。若使火星上有人类，他们也发明数学与几何，势必仍是如此。因此易于使人想象其为先经验而存在的，此亦谓之“先天”，乃是谓其不烦人类之一一再经验。这些智识最可“推概”，推一可以概万。人类习熟于此等智识，便喜运用演绎。但这些只限于象数之学的范围，物理学化学便不尽然。物理与化学也建筑在抽象的形式上，也可用象与数的公式来推演。但已有了实质，已有了内容，已逐渐的具体化了。天文与地质，则更具体，更有内容，推概的范围便须更缩小。如以气象言，你根据大西洋东岸的气象，并不能推测到大西洋之西岸，你根据北极圈附近的气象，并不能推测到赤道附近。你发掘这一处的地层，并不能推测到另一处。你须将种种天文地质的具体事象归纳分类，再从这些分类中籀出一般综括的智识，然后再根据这些智识来推概你所不知的。其实象数之学原始形态也如此，你先把两个加两个，知道它等于四个，然后再把另一种两个加两个来验证其是否成四个。不过象数之学绝无例外，因此一推不烦再推，此项智识可以无限伸展，伸展到你经验之外，而绝对地可信。你把杠杆起重，把水分为氢二氧一，这些也如此，一验不须再验。此等智识，因其不烦多经验，因其不再为新经验所摇动，因而觉得其可靠，觉得其有客观之存在，觉得像是绝对地成立而无所依赖，觉得像是一种自明之真理。今天太阳从东方出，明天太阳从东方出，但你绝不能说千万世以后永远有太阳从东方出。天地变了，太阳可以不再从东方出。但若另一天地中亦有数学，你仍可想象他们那个世界的数学，仍是二加二等于四。原来象数之学，本是一种“静定”的学问。何以能静定，因你把一切具体的抽象化了，制成一形式，并无内容存在，自然可以静定。你若把具体内容加进，便立刻会发生变动。一滴水加进两滴水，哪里是三滴？两根正在燃烧着的火柴，再加上两根，一并燃烧，一忽儿一根也不见，哪里是四根？树上三只鸟，一枪打死了一只，哪里能还留两只呢？有些物理学和天文学，也不过应用那些象数学的法门，把具体的抽象化，将内容摆除开，变成纯形式的，好据此推概，而也适当我们所需要之应用，遂成其为今日举世震惊的自然科学。其实近代自然科学已有不少运用了综括的智识，归纳法的重视，近代自然科学也不能自外。但到底抽象重于具体，重量过于重质，推概重于综括，演绎重于归纳，人类还是想慕那些超经验的客观的自明真理，而象数之学还是今日一切自然科学之主要骨干。

再说到“生物学”，这已在自然物质中间添进了“生命”。生命与无生命的区别，直到如今，没有人说得清。至少生命是有“经验”的，物质则只有变动，不好说有经验。东风吹到西风，上水流到下水，只是变动，也还只是一种形式，不能说风与水在变动中有它自身内部的经验。生物如最低级的原形虫阿米巴，稍高级的如一丛藓苔、一根草，你不能说它绝没有一种觉知，你便不能说它绝没有一种经验。生命愈演进，生命的内部经验愈鲜明，愈复杂，愈微妙，于是遂从物质界里发展出精神界。物质界一切变化是纯形式的，生命界的一切变化，则在形式里面赋以内容，即是变化中附随有经验。经验之累积，便成其为“精神界”。试问对于这一界的智识，如何可以仍用纯形式的，无内容的，超经验的象数之学一类的静定的格套来驾驭，来推概。我们对于生物学的智识，只有把一切生物的一切现象，只要能知道的，全部罗列，做成各种分类，排成各种序列，来解释，来想象，来透进其内部而从事于再经验。这只是一种“综括性”的盖然的智识，决不能造成推概性的必然的理论。

生命中有人类，人类生活演进而有历史与文化。所谓人文学的一切智识，更须综括，更只能获得一种大体势的盖然性的想象和解释。而且人文学也不比生物学，每一类别中，复有极大的个性差异，有显著的标准性与领导性的优级个性之存在。譬如你研究政治，在政治经验里，便有不少具有标准性领导性的优异人物。譬如你研究宗教，在宗教经验里也有不少具有标准性领导性的优异人物。在每一类别中，又有不少的类别。你如何再能留恋在那些无内容无经验，而纯形式的空洞的，像象数之学一类抽象的硬性推概的必然定理，来想把握到人事之万变的盖然的活动智识呢？

西方人对抽象的象数之学，很早就发生兴趣。柏拉图的学园，大书“不通几何学者勿入吾门”。后来中世纪的神学，近代自然科学都不论。即如他们的哲学，也几乎全站在某一点上向前作直线的推论，逻辑的必然性的超经验的演绎，无限向前。宇宙论形而上学占了绝大篇幅，留着很少的地位落到人生论，以为如此般地便可以笼罩人生。直要到黑格尔的历史哲学，始算是正式在人文学上用心思。然而他是用哲学来讲历史，仍不是用历史来创哲学。他的有名的“辨证法”，依然是一套象数学的抽象精神在里面作骨子。马克思的“唯物史观”，开始从人文学直接引出行动，而有俄国式的无产阶级革命。这是一套运用科学精神的革命。如实言之，是运用一套自然科学精神来在人文社会中革命。先从某一点上直线推演出一套理论，再从这一套理论上用革命手段来求其实现。凡与这一条直线的理论不相适合的一切排除。自然科学家所谓的大胆假设，小心求证，全用上了。无产阶级革命的理论，便是一番大胆的假设。革命过程中严格的规定路线，统一理论，清算反动思想，统制革命步调，便是自然科学家在实验室里小心求证的一套工夫。无奈是把自然科学侵入了人文界。自然科学实验室里的一套实验，不妨有失败，失败了可以再实验。若把这一套精神运用到人文界，则人类文化前途，受福的分数到底敌不住受祸的分数更多些。

中国人一向在自然科学方面比较像是落后了，但其心习与其求知的方法，似乎与人文科学较为接近，较为合适。他们尊重经验，爱把一点一点的经验综括起来，不肯专从某一点经验上甚至某一个概念上来建立系统，更不敢用一条直线式的演绎来作出逻辑的必然定论。只在每一点经验上有限地放大，做成一小圆形的盖然的推说。点与点之间，常留松动与推移之余地。不轻易想把那些一点一点的经验在某一理论下严密地组织。理论决不远离了经验向前跑。不轻易使理论组织化与系统化。他们的理论只是默识心通，不是言辨的往前直推。他们爱用活的看法，深入一物之内里，来作一番同情的再经验。他们常看重优异的个别性，看重其领导性与标准性，因此不爱作形式上的类别，重质而不重量。常爱作一浑整的全体看，不爱分割，不尚偏锋。物质虽属自然，却易用人力来改造。精神虽属人文，却须从自然中培养。西方人偏重自然，因此常爱用理想来创建人文；东方人看重人文，因此常爱用同情来护惜自然。心习不同，求知的方法亦不同，因此双方的文化成绩也不同。近代在西方人领导下，人文知识落后，已与自然科学的前进知识脱节。如何融会贯通，我们东方人也该尽一些责任了吧！

（此文作于民国三十七年春，刊于一九六〇年元旦《人生杂志》十九卷四期。）

二八　直觉与理智

思想可以分成两种，一种是“运用语言文字”而思想的，我已在《物质与精神》、《经验与思维》的两篇中约略说过。另有一种“不凭借语言文字”而思想的，这一种思想，最好先用不能运用语言文字的动物来说明。其实此种思想，用语言说来，便是不思想。

最显见的，如蜘蛛结网。它吐出一条长丝，由屋檐的这一边荡漾而挂到屋檐之那一边，然后再由那一边回荡到这一边挂上，如是几番荡漾，把那条丝在两檐间搭成一大间架，然后再在那个大间架里面，往来穿织，织成了一张很精很密的网。然后蜘蛛躲开了，静待一些飞虫们黏着在那网上，好充它的食料。这一段的经过，在蜘蛛说来，实在是一番绝大经纶，但他似乎并未经过有思想。但若试由你我来替作，也由屋檐之这一边，到屋檐之那一边，也像蜘蛛般，用一条细丝来凭空结成一网，那你我势非运用一番思想不可了。在蜘蛛何以不用思想而能，近代心理学家则称之曰“本能”。

又如蜾蠃虫捕捉螟蛉，把来藏在阴处，再从自己尾梢射出一种毒汁，把那螟蛉麻醉了。然后在那麻醉的螟蛉身上放射子卵。待那些子卵渐渐孵化成幼虫，那时螟蛉尚在麻醉中，尚未腐烂，然后那蜾蠃的幼虫，可以把螟蛉当食粮。待到螟蛉吃完了，幼虫也长成了蜾蠃，可以自己飞行觅食了。这又是一番大计划，大经纶，但那蜾蠃也像没有如此思想过，只是平白地径直懂得做这件事。心理学家也称此为本能。

其他动物界如此般的例，举不胜举。我们是否可把人类的行为移用来说明这些，认为它们实在也有了思想呢？但这种思想，显然和人类之思想不同，最多我们也只可说他们是一种默思，或说是深思。何似称之曰默思？以其不用语言，不出声，乃至不用不出声的语言，那种思，便是默思了。至于我们人类用不出声的语言在心里默思，那尚不是真默。因其只默在口，而非默在心。上举的蜘蛛蜾蠃，则是默在心，因此我们人类便称他没有思。但他究与人之有思同其功用了。因此我试称之曰真真的默思。何以又称之曰深思呢？因人类运用思想，多要凭借语言文字。凭借语言文字的思想，只是把思想平铺开。即如上举蜘蛛蜾蠃两例，它们那番默思的经过，若用我们人类语言文字如上述般记录表达，便是平铺开了。在蜘蛛蜾蠃之本身，则并没有像我们人类所运用的语言文字，可以把它们的思想平铺放开来。因此他们之所默思，只紧紧地凝集在一点上，或说紧卷成一团，而使我们要惊奇牠们的神秘了。因此我试因其深不可测，而称之曰“深思”。但心理学则只叫它做“本能”，又称为“直觉”。

博格森爱用“直觉”和“理智”作对比。若仍用我上面的话来说，仍可说理智是平铺放开了的，而直觉则是凝聚卷紧着的。换言之，理智是分析的；直觉则是浑成的。再用一个譬喻，理智譬如布演算草而得出结数，直觉的结数则不由布演，不用算草，一下子用心算获得。今试问，人类心态何以能由“浑成”展演而为“分析”？主要应归功于人类之能“使用语言”。一切理智分析，都得建基在“时间”与“空间”之分析上。详细说来，如蜘蛛结网，最先由屋檐之这一边到屋檐之那一边，你说这一边那一边，即有一种空间观念加入了。你说先由这一边再到那一边，即又有一种时间观念加入了。如你没有空间与时间观念之分析，你将无法说话，亦将无法思想。但亦可说，你若没有语言使用，你就无法生起时间和空间的明晰观念。如在蜘蛛的直觉里，应该没有所谓这一边与那一边的分别，也没有先由这一边而后再到那一边的分别的。如是则在蜘蛛的直觉里，应该没有空间，没有时间，一切不分析，而浑成一片。再用人类语言说之，那只是灵光一闪，灵机一动而已。再细言之，在蜘蛛的直觉里，亦并没有我织成了这一个网，可以用来捕捉蜻蜓或蚊蝇之类，来为我充饥的想法。因此在蜘蛛这一织网工作中，亦没有人类所谓之仁慈或残忍，自私或大公的许多道德观念或功利观念之加入。你若把这些观念来评判蜘蛛，可知于实际无当。

人类语言则是经历了很长时期而逐渐创造的。因此人类理智中之时空观念，也必经历很长时期之演进而逐渐地鲜明。但到今天，我们则认那些观念谓是一种先天范畴了。如实言之，我们尽不妨认为人类心灵其先也只是直觉用事而已，必待语言发明逐渐使用，然后逐渐从直觉转化出理智来。

在这里我们若深进一层讲，便有人类哲学上两个极神秘极深奥的问题发生。第一是“万物一体”的问题，第二是“先知”或“预知”的问题。蜘蛛因为并没有我在织网捕捉飞虫的想法，所以若用人类理智的思想惯例来看，蜘蛛的直觉里可以说它是抱着万物一体观的。又可说，蜘蛛的直觉里，好像有一个预知必有飞虫误投我网将黏着以供我食的观念，因此又可说直觉里是有预知的部分的。换言之，蜘蛛的直觉，可以从自己体内直觉到自己之体外去，又可从这时现在直觉到未来将然处去。那岂不甚堪惊奇吗！其实这亦是寻常事。试问蜘蛛乃及一切动物之直觉本能，如他们不能由内直觉到外，从现在直觉到将来，他们又如何能在此天地间获得生存呢？

其实这些神秘惊奇的事情，也并非昆虫动物之类有之，在人类间亦有之。尤其在人类之幼小时期，当他没有学得一切语言文字来运用思想发挥理智之时，此等心能，却特别显著。即如婴儿吸奶，在他亦只是一种直觉或本能，其实也好说婴儿正在默思与深思，他似乎预知他此刻不吸奶将会饿，饿了并会死，所以必该得吸奶。他似乎又预知只要一啼哭，有人便会把奶递给他。他又像预知如何用嘴放在奶上，如何用力吮吸，便可使奶汁流入他腹内，便可解救他饥饿。这一套，自然不能说是他的知识，因知识只是知道当前的，已经验与正在经验的。而他这一套，自啼哭以至吮吸，乃是直透事变之未来，直是一种先知。其实在他的心知上，连母亲和奶和他自己都不知道，亦都未曾加之以分辨，只是浑然一片。因此在他心知上也是万物一体的。你若把婴儿啼哭要奶当作是人类自私心之最先发动，那又大错了。试问在婴儿又何尝有此感想呢？

人类理智的长成，最先只是追随在此一套直觉之后，而把人类自己发明的言语来加以分析，说这是母亲，这是奶，这是你饿了，现在是饱了。这是你，你饿了，只要吸吮母亲的奶，便能不饿，便能饱。其实这些话，并没有对婴儿之直觉上有了些增添，只是把他的直觉平铺放开了，翻译成一长篇说话。把凝聚成一点卷紧成一团的抽成一线，或放成一平面，渐渐便成了人类之理智。这正如庄子之所谓“凿混沌”。然而浑沌凿了，理智显了，万物一体之浑然之感，与夫对宇宙自然之一种先觉先知之能，却亦日渐丧失了。

至于婴儿如何地在他嘴唇和舌上用力，如何把母亲的奶吸入己肚，又如何在腹中消化，此等动作，在婴儿虽是不学便能，在大人却直到现在还不能把语言来详细地分析，详细地叙述，因此依然还是一神秘。这便是中国思想传统之下所讲的“天人之别”了。

我们现在再把此一类事引伸，转移到大人身上来。其实在大人们的日常生活中，此一种情形，亦时有发现。如当你有一番极真挚的感情，由你心坎深处突然流露，在你已深切感到，而不及用语言文字来分析，来解释的，岂不很多吗？又如你日常行动，不在你理智指挥之下，而继续不辍，默默地，深深地，向往追求，连你自己也不知其所以的，岂不也是寻常有之吗？又如当你灵机一动，灵光一闪，忽然像瞥见了什么似的，你若用语言文字细细籀绎，可以放开来成一番大理论，写一篇长文章，岂不是直觉在先，逐渐把语言文字如抽丝，如掘井般，才逐渐引伸透冒出来吗？总之，理智是较浅较显的，直觉是较深较隐的。理智是人文的，后天的，而直觉则是自然的，先天的。我在这里丝毫没有看轻理智的意思，但理智根源还是直觉，则是不烦举证，随处可见呀！总之，是人类脱离不了动物与昆虫之共通性，人类亦脱离不了自然界，仅能在这上增添了一些理智，这实在是不值得大惊小怪的。

而且人类理智，纵然是日进无疆，愈跑愈远了，但万物一体的境界，与夫先知先觉的功能，这又为人类如何地喜爱羡慕呀！其实这两件事，也极平常。只要复归自然，像婴儿恋母亲，老年恋家乡般。东方人爱“默识”，爱“深思”，较不看重语言文字之分析。在西方崇尚理智的哲学传统看来，像神秘，又像是笼统，不科学。但在东方人说来，这是自然，是天人合一，是至诚。这是东西文化一异点，而双方语言文字之不同，仍是此一异点之大根源所在。惜乎我在这里，不能细细分说了。

（此文作于民国三十七年春，刊于一九六〇年一月《人生杂志》十九卷五期。）

二九　无限与具足

在美学上，有“无限”与“具足”之两型。在人生理想上也该有此两型。西方人想象人生，常若一无限。中国人想象人生，则常见为具足。时间为生命之主要因素，请即就双方对时间观念之相异处作证。

西方人想象时间，殆如一直线，过去无限，将来无限，人生乃自无限过去，跨越现在，以进入无限之将来。此项观念，自近代科学发达，更益明显。试回溯过去，自人类历史上穷生物进化，再逆溯到地层沿革，如是而至天体之繁变。科学愈进步，所知愈延长，过去更见为悠远。若论未来，正可依照着过去，作相反而对等的推测。由人类历史演进，悬想到人种灭绝，再进而悬想到地球冷却，生物全息，再想象及于太阳热力消尽，日局整个毁坏。然而天体之浩茫，则依然存在。故过去悠远不可知，未来悠远不可知。人类对过去与未来之智识，因自然科学之发达，而其见为不可知之程度乃更甚。宇宙无限，无始无终，无首无尾，来无原，去无极，天长地久，要于不可测。人生虽短促，却自成一小宇宙，一样浩茫，前不见其所自来，后不知其所将往，长途踯躅，宗教乎！科学乎！都不能给与一种明白的指点。

印度佛教看人生，大体与近代西方人相近，三世无限，斯六道轮回亦无限。业感缘起无限，而“阿赖耶识”包藏万有种子辗转相熏亦无限。即如《大乘起信论》言一心二门，真如生灭，如水波相依，永无了局，则仍是一无限。佛教思想与今欧方所异者，欧洲人见人生无限，而勇于追逐，乐于长往，不厌不倦，义不反顾。佛教教义则悯此长途之悠悠不尽，而愿为济渡，愿为解脱，愿为入于无余涅槃而灭度之。此为印欧双方所异。然诸佛菩萨皆尽未来际作诸功德，则仍属一种无限向前。

在此有一问题，若以西方哲学术语说之，此当属于“知识论”的问题。既曰过去无限，未来无限，无限不可知。既不可知，又安知其果为无限抑有限乎？且过去不可知，未来不可知，又安知此两不可知之是二非一，不相遇合而成一环形，在吾人所不可知之极远处而两端终相连接乎？似乎中国人对于时间观念之想象则正如此。明白言之，中国人之“时间观”乃环形的，乃“球体的”，而非线状的。宇宙为一球体，人生亦成一球体，死后则回复到生前，如环无端，圆成一体。

人生而有知，人的知识，正如一道光芒，投射到此球体上而划成一切线。如一球浮水面，半沉半现，宇宙人生之可知部分，便是此球体之上浮水面者。宇宙人生之不可知部分，则是此球体之沉隐水下者。此水平面正是一条人类知识的切线。球体滚动，可知部分与不可知部分亦随之转移。其实则只是一球体，此在老庄称之曰“有无”。《大易》字之曰“阴阳”。有者有所知，有所知则有可名；无者无所知，无所知则无可名。有所知，有可名，则昭昭朗朗，如人在阳光下见物。无所知，无可名，则冥冥昧昧，如人在阴暗中，于物无所睹，不可辨。故所谓“阴阳有无”，只是吾人之有知有不知。人生日新不已，人之知识亦日新不已。此球体映照在人之知识中，角度不同，面状不同，遂若永永变动，不居故常，若此球体日新富有。其实此球体乃“至动”而“至静”，亦“至有”而“至无”。苟使人知息灭，则不见此球体之动，亦不见此球体之有，而球体之为球体自若。此球体即大自然。自然因有人生而形成了此球体之阳面，其浮现在人类智识切线之上者，属“有”属“阳”，我们不妨简率地径称之为“人文”。此球体之沉隐在人类智识切线之下者，属“无”属“阴”，我们不妨简率地径称之为“自然”。其实人文自然还是一体，故曰：“一阴一阳之谓道。”又曰：“通乎昼夜之道而知。”又曰：“善吾生即所以善吾死。”又曰：“死生有无为一体。”人生俨如一环，循环相通，无端可觅。人生如是，宇宙亦然。人生并不在无限地向前。太极生阴阳，阴阳即太极，一阴一阳便是循环往复，此环圆成自足，即是一太极。如是则人生现前具足，当下即是，一多相涉，重重无碍，故曰“万物一太极，物物一太极”。故中国人之人生观，乃为一种“现前具足”之人生观。老庄所与儒家不同，乃在老庄重“无”重“阴”，儒家则重“有”重“阳”。道家就自然立场，看重那球体之沉隐在人类知识切线下之底层。儒家就人文立场，看重那球体之呈现在人类智识切线上之浮面。其同抱一环形球体观则一。

故无限的人生观，分世界为过、现、未三界。而具足的人生观则只是一体。自一体而判阴阳，别有无，仍是融凝为一，仍是会归于一，此一体则圆满具足。人生只是此一体之浮现部分，若用我在他处另一譬喻言之，则人生乃是此一体之发光部分。浮现部分与沉隐部分通为一体，发光部分则即在此阴暗体上发光。如是则人生即宇宙之一面，根本与宇宙不别。宇宙具足，故人生亦具足。自佛教传入，中国人始接触到一种无限向前之新人生观。然中国人对于此种新人生观无限向前之意味，愚者则不甚了了，智者虽心知其然而终不欣合，于是转生新说，曲就我故。故佛家六道轮回业感无边之深旨，在中国社会上则变成了阴世阳世的旧观念。皈依佛法，转生净土，不入地狱，仍以个人死生为说，仍成了一个静止的小圆圈。对佛家永无休止的无限人生，可谓仍未接受。此就小乘说。若论大乘佛学，则一入中国，陈义转深，如云“一即一切”，“心即法，法即心”，“多即一”，“一心法界”，“理事无碍”，“生死即涅槃，烦恼即菩提”，“前后际断，一念无生”，凡此皆是现前具足，当下圆成，立地成佛，遂成为中国佛学最流行的新期望。其实则仍是中国人自己固有的旧传统，老想法。所谓有无死生为一体，一阴一阳之谓道，只把此等观念，披上一件佛菩萨的新袈裟而登台说法，骨子里则仍是一种循环无端的圆形人生，并非无限向前的直线人生。

这一世代，欧化东渐，中国人再度与另一种无限向前的新人生观相接触。然佛家厌世，中国人不能厌世。欧洲人轻于长往，乐于追求，中国人则长虑却顾，迟重自保，终无欧人凌厉向前之勇气。你若要抱一种无限向前的人生观，你必视现实人生为缺陷，为不足，必勇于舍弃，乐于追寻，必悬一远离现实之理想，而甘愿于舍弃一切而奔赴。近代欧洲人之科学精神与其以前之宗教信仰，同为此种舍弃、追寻、永永向前的人生精神之表现。佛教精神虽若消极，然一样的勇于舍弃，乐于追寻，其为一种无限向前之人生则同。中国人并不肯无限向前，因亦不勇于舍弃，不乐于追寻，徒欲于现实人生中得一种当下现前之圆满具足，则中国人该当自有中国人的道途与方法，今乃拾取西方人生之外皮，高抬嗜欲，不耻奔竞，一面对现实抱不满，一面却仍是就现实索补偿，如是则不惟自苦，亦以扰人。

佛家之无限向前，因其主要偏向于消极放弃，故中国人模拟不真，为病尚浅。欧洲人之无限向前，其主要乃为一种积极把持，中国人邯郸学步，慕效不得其真，则为害之烈，将不仅如当今之所表襮，而方来恐尤将有其甚焉者。你若真认为过去无限，未来无限，则当下现前，如刹那顷，将弥见其短促。电光石火，剑首一吷，犹不足以为喻。若真悟得此旨，则上视千古，下瞩万代，悠悠无极，当身现前，何足经怀。必如此始能洒落长往，此乃无限向前的人生观之第一要着。佛学于一切法相，不住不着，此义甚显，可以不论。即就近代西方言，好像他们对于人生现实，贪着把捉，热切追求。其实彼等所追求而把捉者，并非当下之现实，而仍是一种无限向前之精神，在后驱策，遂使其日进于不可知之将来而永无休止。如宗教家之传教蛮荒，科学家之尽悴业艺，此于眼前现实，何一不极尽撇脱洒落之能事。即就商人言，非大有所弃，亦不能大有所获，要成一大企业家，亦必毕生以之，死而后已，也仍是一种无限向前之精神为之鼓动，何尝丝毫沾恋现实，当下享用，作一种中途歇脚之想乎。

近代中国人不瞭斯义，空慕皮毛，争趋乐利。苟非有如智𫖮、杜顺、慧能诸大哲，重生今世，庶乎通彼我之邮，拔赵帜立汉帜，化彼精诣，就我平实。否则此土之纷扰溷浊，恐一时终不见有宁澄之望。

（此文作于民国三十七年春，刊于一九六〇年四月《人生杂志》十九卷十期。）

三〇　价值观与仁慈心

近代西方二三百年来物质科学之进步，尽人皆知。但人文科学之落后脱节，其弊已显。譬如给小孩或狂人以利刃，固已危险，稍后又给以手枪，现在则给以原子弹，那终非闯大祸不可。此在西方智识界并非不知，无奈他们的人文科学始终赶不上，这也有其原因。在近代科学创兴以前，耶稣教是西方文化的最大骨干。宗教与科学之冲突，最重要者还在它们的方法上。科学须面对事实，在事实上面去求智识，只要事实有新发现，我们的智识便该立刻追随求调整，这是科学修养起码的条件。但宗教精神却恰恰相反，他们在人类之外预先安排了一位上帝，一切人类社会活动，都得推原到上帝，归宿到上帝。尽管人事变了，宗教上的信仰和理论则仍可不变。正因此两方面精神之绝相背驰，而西方人的人文科学，乃于无形中遭遇一绝大阻碍，使他们得不到一个自由的发展。

正使物质科学急速发展宗教退处一旁，而西方人之人文科学仍将无希望。何以故？因他们常想把物质科学的律则来代替宗教来指导人文，如是则人类社会本身依然无地位、无重量。从前是听命于宗教，听命于人类以外的上帝。现在是听命于物质，依然要听命于人类以外之另一位上帝。其实此乃与科学精神正相违。因科学精神正贵在事实本身上寻智识，但西方人却常想把物质科学的已有成绩一转手用来赠与给人文科学，那又如何可能呢？

当牛顿时代，西方人几乎全想把数学物理机械方面的原理原则来解释人类社会，来建立人文科学。待到达尔文时代，生物学开始得到注意，于是西方人又想把生物进化的一番理论与法则来运用到人类社会，来建立人文科学。此比牛顿时代，像是进步了。因生物学究竟是一种生命的科学，比较与人文更接近。机械观的人生论，终不如进化观的人生论较于近情。但病根则依然存在。他们总想把研究人类社会以外的一番法则与理论转移过来，运用在人类社会的身上。无论是物质的，或生命的，到底与人文的园地隔了一层或两层的墙壁。如何能通呢？

人文科学则应有人文科学自己的生命和园地。人文科学家应该在它自己的园地上垦辟，来培植自己的种子。但在西方，那一片园地，却一向荒芜。最先为宗教所侵占，现在为自然科学所攘窃。宗教讲的是上帝，是神，自然科学讲的是物。纵说我们不能舍弃神亦不能舍弃物，纵说神与物全与人类社会有关系，但究竟都不是人类社会之自身。把自然科学的种子移栽在人文科学的园地里，只开自然科学的花，结自然科学的果，与人文科学自身还是不相干。生命科学较之物质科学虽与人类自身较接近，但人类自身的一切智识不能由生物科学来包办。现代的西方摆脱了宗教的束缚，却投入了自然科学的圈套。待他们从自然科学的圈套中逃出，却不知不觉地仍想走进宗教的樊笼。这是近代西方人文科学不能有理想发展的一个最大原因。

试举一例：心理学乃近代西方人文园地里最先进入科学的一门学问。但近代西方的心理学，并不能说它是人文科学。它只是由人文科学的园地里割让了，出卖了。最先割让与物质科学，稍后又出卖与生物科学。西方人最先讲心理学，只是讲些物理学，如眼如何能看，耳如何能听。后来讲的，也只是讲些生物学，如制约反应等的实验之类。我们并不说物理学生物学与心理学不相关，但人类的心理学应该有在物理学与生物学以外的自己园地与生命。这一番理论西方的科学界听了，必不会赞成。这倒不在乎。所惜是西方也有赞成此番理论的，却大体是宗教家，不是人文科学家。人文科学在西方，依然是一片荒芜，还没有认清楚自己的园地。还没有培植上自己的种子。

上面所论，我们要求对于某项事类有真智识，则必向该项事类之本身去找寻。此乃一切科学最普通基本的则律。达尔文的生物学，不能乞灵于牛顿的物理学和天文学。我们要建立新的人文科学，自然也不该乞灵于牛顿与达尔文，更不应该乞灵于上帝或神。就达尔文以来的生物学而言，生命是沿着一条路线而演进的，因此生命有阶级，有等差。白鼠、兔、狗，等等的心理，有些和人类心理相同，但究是有些而已。把人类较之白鼠、兔、狗，其间等级的差异，是不该忽视的。即就人类论，初民社会，低级浅演的民族，较之高文化的社会，其间亦有很显著的阶级等第，也同样不可忽视。即在同一文化社会之内，个人间的差别等级，仍不该忽视。即就幼童论，他们尚未经社会种种陶冶，但他们间已尽有差别，有的是天才，有的是低能，这些尽人皆知，因此研究人文科学，决不比研究物质科学。物质科学可以一视平等，无差别。水是水，石是石。但人文科学则不然。人文科学不仅与物质科学不同，并与生物学也不同。生物学在类与类之间有差别，在同类间则差别甚微。人文科学又不然，虽说人与人同类，但其间差别太悬异也，不能不有一种价值观。抹杀了价值，抹杀了阶级等第而来研究人文科学，要想把自然科学上的一视平等的精神移植到人文科学的园地里来，这又是现代人文科学不能理想发展的一个原因。

再次，人类研究物质科学以及生命科学，研究对象，都不是人类之自身。但人文科学则不然。研究的对象，便是他自身。至少他自身乃紧属于这一对象之内，因此物质科学家乃至生命科学家，可以是纯理智的，不动自己的情感，而且也应该纯理智，应该不夹杂丝毫情感的。但若研究人文科学，又如何能纯理智？又如何能不羼进自己的一分情感呢？非但不可能，而且也不应该。人文科学家不应该像自然科学家一样，对他研究的对象，只发生兴趣，而没有丝毫的情感，如自然科学家般的冷淡和严肃。所贵于人文科学家者，正在其不仅有智识上的冷静与平淡，又应该有情感上的恳切与激动。这并不是说要喜怒用事，爱憎任私。只是要对研究的对象，有一番极广博极诚挚的仁慈之心。牛顿发明万有引力，不必对一切物具仁慈心。达尔文创造生物进化论，也不必对一切生物有仁慈心。但将来人文科学界里倘有一位牛顿或达尔文出世，他也为人文科学惊天动地创造新则律，那他非先对人类本身抱有一番深挚纯笃的仁慈心不可。若他对人类极淡漠，极冷静，只用纯理智的头脑，将决不会深切透进人类之内心，而为人类社会创辟新道路，指示新方针。那便决不能成为一理想出色的人文科学家。

以上两点，一是价值观，一是仁慈心，此乃建立人文科学所必备的两要件。但若把此番话向近代西方沉浸于自然科学极深的学者们讲，他们自将不肯领受。这还不要紧，可惜西方人领受此一番理论的又必是一位宗教家。如此则又会把人文科学领回到上帝去管束，则人文科学仍不得如理想般建立。

要寻求一种心习，富于价值观，又富于仁慈心，而又不致染上宗教色彩的，而又能实事求是向人类本身去探讨人生智识的，而又不是消极与悲观，如印度佛学般只讲出世的，那只有中国的儒家思想。现代人都知道儒家思想不是宗教，但同时又说它不是科学。其实儒家思想只不是自然科学、物质科学与生命科学，却不能说它不是一种人文科学。至少儒家思想与我们理想中要建立的人文科学很接近，它已具备了想要建立人文科学所必需的几个心习。儒家的很多理论，将来必为新兴的人文科学所接受。我们现在正一意向西方学习自然科学，我们也应该就我们所固有的来试建人文科学，庶乎我们也对西方人有了一番回敬的礼物。

（此文作于民国三十七年春，刊于一九五九年十二月《人生杂志》十九卷三期。）

图书在版编目（CIP）数据

湖上闲思录 / 钱穆著. --北京：九州出版社，2012.6（2020.4重印）
ISBN 978-7-5108-1461-7

Ⅰ. ①湖… Ⅱ. ①钱… Ⅲ. ①随笔—作品集—中国—现代 Ⅳ. ①I266.1

中国版本图书馆CIP数据核字(2012)第078001号

湖上闲思录

作　　者	钱穆　著
出版发行	九州出版社
地　　址	北京市西城区阜外大街甲35号（100037）
发行电话	(010)68992190/3/5/6
网　　址	www.jiuzhoupress.com
电子信箱	jiuzhou@jiuzhoupress.com
印　　刷	三河市九洲财鑫印刷有限公司
开　　本	880毫米×1230毫米　32开
印　　张	5.375
字　　数	109千字
版　　次	2012年6月第1版
印　　次	2020年4月第3次印刷
书　　号	ISBN 978-7-5108-1461-7
定　　价	26.00元